설공찬이

설공찬이

초판 1쇄 2021년 6월 25일
초판 2쇄 2022년 9월 20일

원작 채수
다시 쓴 김재석
그린이 김주연

펴낸이 조영진
펴낸곳 고래가숨쉬는도서관
출판등록 제406-2012-000082호
주소 경기도 파주시 회동길 329(서패동) 2층
전화 031-955-9680~1
팩스 031-955-9682
홈페이지 www.goraebook.com
이메일 goraebook@naver.com

글 ⓒ 김재석 2021 | 그림 ⓒ 김주연 2021

ISBN 979-11-89239-51-0 43810

설공찬이

원작 채수 | 다시 씀 김재석 | 그린이 김주연

책을 펴내며

순창의 문화적 긍지가 빛났던 한 시절
탄생한 『설공찬전』
지금, 이곳의 문화와 정신으로 오롯이
되살아나길

　고전을 읽는다는 것은 그저 옛사람들의 문학을 본다는
것에 있지 않습니다. 고전이 시공간을 뛰어넘어 많은 사
람에게 울림을 주는 것은 삶의 지혜와 가치가 들어 있기
때문입니다. 또한 문학은 인류의 탄생과 함께 상상력과
창의력으로 모든 예술의 근간을 이루며, 소통과 감성의
시대에 그 가치가 더 값지게 다가옵니다.

　『설공찬전』은 순창을 배경으로 한 고전소설입니다. 주
인공은 순창에서 집성촌을 이루어 살고 있는 순창 설 씨,
설공찬입니다. 설공찬이 죽어 저승을 여행하고, 사촌 형
제의 몸에 그의 영혼이 빙의되어 저승 경험담을 들려주

는 이야기입니다.

『설공찬전』은 『금오신화』에 이어 두 번째로 나온 한문 소설이며, 한글로 표기된 최초의 국문 번역 소설로 문학사적 가치가 높은 작품입니다. 또 조선 시대 최고의 문제작이자 베스트셀러라고 합니다. 1511년 중종 임금의 명으로 모조리 불태워져 전하지 않다가 1996년 극적으로 앞부분만 발견된 『설공찬전』에 대한 스토리 또한 흥미진진합니다.

『설공찬전』은 저승과 이승을 오가는 조선의 판타지이고, 원저자인 채수의 삶이나 책 자체의 이야기가 풍부한

문화 콘텐츠입니다.

『설공찬이』는 이를 재해석하며 현대적 의미를 담아내기 위해 '순창 고유문화 콘텐츠 발굴' 사업으로 진행했습니다.

또한 순창에서 터전을 잡고 자신의 예술을 만들고 있는 작가와 화가의 협업으로 진행되어 기쁘게 생각합니다. 앞으로도 이런 의미 있는 작업이 계속될 수 있도록 힘쓰겠습니다.

『설공찬이』는 15세기 말(1490년대) 순창의 가장 빛났던 한 시절로 돌아가게 합니다. 당시 순창에는 고려 시대부터 국가 제사로 지내온 성황제가 순창 단오제 때 열렸습니다. 설 씨 부인의 『권선문』이 나왔고, '귀래정'에는 신말주 선생과 많은 선비들이 있었습니다. 이때『설공찬전』도 탄생되었습니다.

3,400여 자만 남은 이 소설의 원본을 수용하고 현대적 의미와 사건을 더해 소설적 모양새를 갖추어『설공찬이』로 태어난 것을 기쁘게 생각합니다.

순창의 문화와 정신이 담긴 이 책을 누구나 부담 없이 쉽고, 재미있게 읽기를 바랍니다. 그래서 발효의 본고장답게, 잘 익고 삭은 이야기가 많은 사람들의 영혼을 살찌우는 양식이 되기를 기대합니다.

순창 군수 황숙주

원전의 공백을 풍성하게 메꾼 중편 소설의 탄생

『설공찬이』의 출간을 기뻐합니다. 3,400여 자의 짧은 원전이 77,000여 자의 풍부한 중편 소설로 거듭났습니다. 『설공찬전』 개작은 이것이 처음은 아닙니다. 여러 번 텔레비전으로 영상화도 되었고, 희곡으로 만들어 공연도 하였으며, 웹툰에 이어 최근에 소설도 나왔습니다. 김재석 작가의 이번 작품은 소설로서는 두 번째입니다.

『설공찬이』는 어떤 특징을 지니고 있을까요? 다섯 가지만 소개합니다.

첫째, 제목을 '설공찬전'이 아니라 '설공찬이'로 했습니다. 원작 제목은 '설공찬전'이지만, 한문 원본이 전하지 않는 상황에서, 현전 국문 번역본의 제목 '설공찬이'를 존중한 것이지요. 전하지 않는 원본보다 실존 이본을 중시

하자는, 학계의 '이본중심주의'를 수용한 셈입니다.

둘째, 시간의 역순법을 활용했습니다. 1510년 경상도 함창 쾌재정에서 방금 탈고한 『설공찬전』을 채수가 사위와 딸한테 보여주는 장면에서 시작해, 작품 본문으로 들어갑니다. 본문도 현재와 과거 회상을 오가며 전개함으로써 입체적 효과를 느끼게 합니다.

셋째, 역사 기록을 비롯해, 관련 자료와 지식이 두루 활용되어 있습니다. 『설공찬전』을 두고 벌어진 어전회의 과정을 기록한 『조선왕조실록』은 물론, 당대의 분위기를 느끼도록 연산군 시절의 무오사화도 다룹니다. 이에 따라 관련 인물이 작품에 여럿 새로 등장해 다채롭습니다.

사후 세계에 대한 불교적 상상력도 수용하되 연옥설도 섞는 등 흥미롭게 변형해놓았습니다.

넷째, 작품 배경지 순창의 민속도 풍부하게 녹아 있습니다. 최명희 작가의 『혼불』에 남원을 중심으로 한 전북 지역 문화가 고스란히 담겨 있듯 이 작품도 그렇습니다. 설공찬 생가 현지에서 전하는 마암(맷돌바위) 전설, 모심기 노래, 들소리, 상여꾼 노래, 무당이 굿할 때 부르는 노래(시왕풀이) 등이 적재적소에 등장해 실감을 돋웁니다. 특별히, 사촌의 몸에 빙의한 설공찬 혼령을 쫓기 위해 이십팔수주 주문을 외는 대목은 이색적입니다. 성황대신을 모시는 단오절의 성황제, 두룡정 물맞이 등 순창 민속의 반영도 마찬가지입니다. 죽음, 사후 세계라는 보편적인 문제를 다룬 작품이면서 지역 문학으로서의 특색도 지니게 했다는 점에서 주목할 만합니다.

다섯째, 원전의 공백을 많이 메꿔주고 있습니다. 원전을 읽으면서 가장 궁금한 점은, 저승에 갔던 설공찬의 혼

령이 왜 지상에 다시 나와 남의 몸에 빙의되어 소동을 일
으켰는가, 작품의 결말은 무엇인가 하는 것입니다. 어
숙권의 『패관잡기』에 의하면, "자신의 한恨" 때문이었다
고 했는데, 그 한이 무엇인지 원전에는 나오지 않습니다.
'아버지에 대한 불효'를 속죄하기 위해서라는 게 이 작품
의 해석입니다. 가능한 설명입니다. 해원제解冤祭를 지낸
후, 설공찬이 한을 풀고 저승으로 복귀해 심판을 받아 다
시 인간세계로 환생했다는 결말 처리도 바람직합니다.
해피 엔딩이야말로 한국 문학의 지속적 특징이니까요.

　『설공찬이』를 적극 추천합니다. 즐겁게 읽는 가운데 영
혼, 사후 세계, 남녀 평등, 가족애 등에 대해 생각하게
될 것입니다. 아울러 간절히 기대합니다. 이 작품에 자극
을 받아, 영화나 뮤지컬 또는 새로운 웹툰 작품이 꼭 출
현했으면 하는 희망입니다.

이복규 서경대 문화콘텐츠학과 교수

작가의 말

『설공찬이』의 문학적 부활을 꿈꾸며

『설공찬이』는 조선 전기 채수(1449~1515)라는 분이 지은 한문 소설『설공찬전』이 원본이다. 그런데『설공찬전』의 한문 원본은 발견되지 않았다. 한글 필사본이 이복규 교수에 의해 발견(1996년)되기까지 다만,『조선왕조실록』중종편에 필화 사건으로 그 흔적만 기록되어 있었다. 발견된 내용도 완본이 아닌 베껴 쓰는 도중에 미완결된 채였다. 옛 한글체로 된 총 3,400여 자의 짧은 내용이었다.

이 미완결의『설공찬전』을 '다시 쓰기'해 달라는 의뢰를 순창군립도서관으로부터 받았다. 지금까지『설공찬전』을 소재로 몇 작품이 나왔지만 이름만 빌렸을 뿐, 원본의 맥락을 살펴서 쓴 작품은 없다는 설명이었다. 최대한 원본을 살려보자는 취지로 이 작품은 기획되었다. 하지만 작가 채수의 머릿속에 들어가지 않고서야 원본을 끄집어내올 방법은 없을 것이고, 누가 쓴다고 해도 추정과 창작적 요소가 가미될 수밖에 없었다.

조선 시대 야사를 모아놓은 『대동야승』의 『패관잡기』 2권에 실린 내용을 보면, 『설공찬전』을 언급한 대목이 나온다. 요약하면 '설공찬은 그의 원한과 저승에서 들은 이야기를 자세히 말했다.'고 한다. 발견된 한글 필사본은 원문의 앞부분만 베껴 쓰다 말았다. 그의 원한이 어떠했는지 뒷이야기는 없다. 저승 이야기도 중국 성화 황제 신하가 염라대왕에게 심판받는 에피소드를 베껴 쓰다 도중에 끊어졌다. 우선, 이 독배를 마실지 말지를 고민했다. 죽다 살아난다(완결한다) 해도 각자가 추정하는 원본과 목차 대조표를 따지고 싶은 분들이 있을 것이다.

일단 『설공찬이』는 발견된 한글 필사본의 제목을 사용

하였다. 내용도 필사본에서 베껴 쓴 부분까지는 최대한 본문 내용을 살려 그 줄거리를 따라갔다. 설공찬이 가진 원한 부분은 당시 시대적 사건(1498년 무오사화)과 15세기 말 순창의 생활상을 중심으로 찾아나갔다. 연산군의 횡포로 인한 정치적 불안감, 유교 사상이 뿌리를 내리며 여성의 삶을 도외시했던 남녀 차별, 중국이란 대국의 언어인 한문과 세종 임금이 만든 한글의 보급 과정에서의 갈등 등, 원본의 에피소드와 그 시대적 생활상이 개연성을 갖도록 창작했다. 저승 이야기는 불교와 도교에서 흔히 등장하는 시황(염라대왕을 중심으로 한 지옥의 10대 심판 대왕)과 구천으로 표현된 천상 세계를 차용해서 재해석했다.

원본 『설공찬전』은 작가 채수가 순창에 사는 설공찬 이야기를 바탕으로 쓴 실화 소설이다. 그런데 설공찬은 순창 설 씨 족보에는 나오지 않는다. 작가 채수가 실화를 바탕으로 『설공찬전』을 썼을 것으로 보이나, 창조한 인물일 수도 있고, 필화 사건으로 족보에서 지워졌을 수도 있다. 설공찬은 장가들기도 전에 죽어 족보에 올리지 않았을 수도 있다. 『설공찬전』에 나오는 그의 누이도 실존 인물로 추정되지만, 족보에 기록된 사실과 원본 소설의 표현(시집가서 아이 없이 일찍 죽었다)에는 다른 점이 있다.

사실관계에 혼돈이 있다. 채수가 소설이란 장르를 빌려 의도적으로 그랬는지, 모르고 그렇게 쓴 것인지는 알 수 없다. 이 소설은 어디까지나 작가 채수의 『설공찬전』 원본을 중심으로 했고, 인물의 실존 여부에 대해서 밝히려는 의도는 없다.

『설공찬이』는 원본의 행간을 읽어 그에 가깝게 지어낸 허구적 이야기이며, 고전문학을 현대적 소설 감각에 맞추어 쓴 창작물이다. 부디 『설공찬전』이 우리나라 최초의 한글 필사본 고전소설이라는 국문학적 가치뿐만 아니라, 문학적으로도 부활해서 순창의 문화 콘텐츠 발굴과 창조적 계승에 기여했으면 한다.

다시 쓴 이 김재석

차례

채수

쾌재정, 달 밝은 밤에

> "이 글은 원래 설공찬이 한 말이야.
> 설마 죽은 공찬을 잡아 가두기야 하겠느냐! 하하하."

1510년중종 5년 경상도 함창현재는 경상북도 상주.

가을로 넘어가는 문턱이었다. 밤 늦은 시각, 쾌재정快哉亭 기와 처마 끝엔 둥근 달이 걸려 있었다. 붓을 잡은 채수의 오른손이 떨렸다. 그는 왼손으로 오른손 손목을 살포시 잡고는 정성껏 마지막 문장을 써내려갔다.

公瓚借人之身 淹留數月 能言己怨及冥聞事甚詳 令一從所言及所書書之 不易一字者 欲其傳信耳공찬차인지신 엄유수월 능언기원급명문사심상 영일종소언급소서서지 불역일자자 욕기전신이.

"설공찬은 남의 몸을 빌려 수개월간 머무르면서 능히

18

자신의 원한과 저승에서 들은 일을 자세히 말하였다. 공찬으로 하여금 말한 바와 쓴 바를 쫓아 그대로 쓰게 하고 한 글자도 고치지 않은 이유는 이 글에 믿음을 더하기 위해서이다."

채수는 마지막 문장을 나지막한 소리로 읽었다. 고개를 끄덕이고는 붓을 내려놓았다. 그는 구들방을 나와 쾌재정 현판 아래 섰다. 휘영청 밝은 달을 바라보았다.

"이것이 어찌 감히 할 짓인가, 이것이 어찌 감히 할 짓인가!"

그는 병인년(1506년) 일을 떠올리며 마음에 생채기마냥 새겨진 말을 되뇌었다. 그의 눈앞에는 요란스러운 군사들과 도깨비불처럼 휘날리는 횃불이 대궐을 이리저리 뛰어다니는 모습으로 가득했다. 그때 인기척이 났다.

"아버님, 해시_{밤 9시~11시까지}가 넘었는데 아직도 쾌재정에 계십니까? 바깥바람이 차옵니다."

사위 김감이 큰딸과 함께 정자 앞까지 와 있었다.

"걱정이 돼서 나왔느냐? 마침 잘 왔느니라. 이리 올라와 방으로 들자꾸나."

채수는 사위 김감과 큰딸이 방에 앉자, 그들 앞에 『薛公瓚傳(설공찬전)』이라 쓰인 한지를 내밀었다.

"이것은 쓰고 계시다던……."

큰딸이 반색하며 『설공찬전』을 바라봤다.

"오늘에야 글을 갈무리 지었느니라."

김감은 호롱불 아래서 한 장씩 읽으며 아내에게도 건네주었다. 두 사람은 한 자 한 자를 눈으로 집어삼킬 듯이 읽어나갔다. 얼마 후, 김감이 마지막 한지를 내려놓았다. 놀란 토끼 눈으로 장인 채수를 바라봤다.

"설공찬의 혼령이 직접 전한 이야기라고 하여도 세상에 내놓으시면 필경……."

김감도 그때 병인년의 일로 조마조마한 마음을 한시도 내려놓지 못했다.

영의정 박원종 대감의 집이었다. 폭군 연산군을 몰아내고, 중종반정(1506년)을 모사하던 바로 반정 전날 밤이었다. 오늘 같은 달 밝은 밤이었다.

'오늘의 일은 비록 발란반정^{난리를 평정하고 질서 있는 세상을 세움}에서 시작되었지만 덕망 있고 무게 있는 인물이 없어서는 안 될 터이니 채수를 청해오거라. 이번 일에 채수만 한 인물을 빠트릴 수 없지. 무사를 보내 그를 맞이해 오도록 하게. 만약 채수가 오려 하지 않는다면…… 그 머리라도 가져와야 할 것이야!'

김감은 박원종 대감의 마지막 말에 섬뜩한 기운을 느꼈다. 장인 채수의 성품이나 평소의 말로 봐서는 분명 이번 거사에 동참하지 않을 게 뻔했다. 만약 장인이 빠진다면…….

김감은 다급한 마음에 다음 날 아내를 불러 장인을 모셔오게 했다. 술상을 거하게 봐서 장인을 잔뜩 취하게 만들었다. 다시 집으로 모셔가는 척하고는 거사 현장인 대궐문으로 데리고 갔다. 채수가 깨어났을 때는 이미 궁궐은 아수라장이었다.

'이것이 어찌 감히 할 짓인가, 이것이 어찌 감히 할 짓인가!'

김감은 그때 장인의 울부짖던 목소리가 아직도 귓가에 쟁쟁했다. 채수는 김감의 그런 마음을 읽었는지, 수염을 가다듬으며 미소를 지었다.

"필경 무엇이냐? 필화 사건이라도 일어난단 말이냐? 하하하.”

“『설공찬전』은 들은 이야기가 맞습니까? 스스로 지어내신 이야기가 아니고요?”

김감은 염려스러웠다. 혹시 장인어른이 지어낸 이야기면 분명 해가 미칠까 싶었다.

“나도 들은 이야기이니라. 내 생질녀서^{누이의 딸의 남편인} 순창 설 씨 가문의 설충란에게 말이다. 그가 내게…… 죽은 아들인 설공찬이 사촌 공침에게 빙의한 이야기를 들려주더구나. 그리고 설공찬이 전했다는 저승 이야기도…….”

“아버님, 들은 이야기라고 해도…… 이 글을 세상에 내놓으시고 혹시 문초라도 당하시면 어쩌시려고…….”

큰딸은『설공찬전』이 쓰인 한지를 품에 꼭 안으며 말했다.

“하하하, 내가 파직과 유배를 어디 한두 번 당했느냐. 이 늙은이도 조상님 뵈올 때가 다 되었다. 김감 자네는 필사쟁이에게 넘겨주고, 딸아 너는 이 한문을 언문^{한글을 낮추어 이르는 말}으로 바꾸어서 아녀자들도, 평민들도 널리 읽을 수 있도록 도와주려무나.”

채수의 딸과 사위 김감은 서로를 바라보며 난감한 표정을 지었다.

"이 글은 원래 설공찬이 한 말이야. 설마 죽은 공찬을 잡아 가두기야 하겠느냐! 하하하."

채수의 웃음소리만 쾌재정에 차고 넘쳤다.

그날 이후, 채수의 큰딸은 아버지가 쓴 『설공찬전』을 들고 시댁으로 돌아왔다. 늦은 밤에도 호롱불을 밝혀놓고 한문으로 쓴 『설공찬전』을 한글로 옮겨 쓰기 시작했다. 그녀는 아버지 채수의 배려로 한문을 익힐 수 있었다. 여성에게 한문을 가르치지 않는 당대 분위기에서 아버지는 '여성도 글을 깨우쳐야 바른 도리를 알 수 있다.'고 격려해주었다. 그녀는 한문을 한 자, 한 자 풀어서 소리 글자인 한글로 바꿔 나갔다. 제목 '설공찬전'도 '설공찬이'로 옮겨 썼다. 그녀는 한글로 옮겨 쓴 첫 문장부터 찬찬히 읽어나가며 『설공찬이』에 빠져들었다.

제1장

설충란 떠나보내지 못하는 마음
설충수 귀신 쫓는 자를 부르다

설충란

떠나보내지 못하는 마음

> 그의 눈가에 눈물이 흘러내렸다.
> 아들이 과거 시험도 보지 못하고, 장가도 들지 않았는데……
> 올해 약관 스물의 나이로 세상을 떠났다.

1504년^{연산군 10년} 늦가을, 전라도 순창 마암^{현재 전라북도 순창} ^{군 매우리} 마을에는 설공찬의 아버지 설충란이 대대로 내려오는 종갓집에 살고 있었다. 그의 집은 안채와 사랑채, 아래채, 제실과 중문간, 곳간채 등으로 이뤄졌다. 마암 마을에서는 큰 부잣집이었다.

설충란은 아침이면 종가 뒷산을 산책했다. 단풍으로 물들어가는 산길을 따라 싸목싸목 걸었다. 뒷산 중턱쯤에 '백정^栢^亭'이란 현판을 단 정자가 보였다. 정자 주위에는 과거 급제를 축원하는 살구나무가 심어져 있었다. 대사성^{성균관의 으뜸 벼}^슬을 지낸 설위 할아버지가 이 정자를 짓고 살구나무를 심었을 때는 자손 중에 인물이 많이 나오길 빌었을 터였다.

설충란은 정자에 걸터앉아 연분홍 살구꽃이 흐드러지게 피는 봄을 상상했다. 살구꽃을 꽂은 사관모를 쓰고, 과거 급제한 아들 설공찬이……

'공찬아…….'

그는 허공에 손짓을 하며 아들을 불렀다.

마을 이름을 '마암磨巖'이라 부른 것은 큰 바위가 있어서였다. 큰 바위 위에 작은 바위가 마치 맷돌처럼 놓여 있다. 마을에 큰 인물이 태어나면 반드시 바위가 맷돌처럼 한 바퀴 돈다는 전설이 있다. 설위 할아버지가 태어났을 때도 이 맷돌 바위가 돌았다고 했다.

설충란은 산책길에 큰 바위 옆을 지나갔다. 마을 사람들이 볏짚으로 왼새끼를 꼬아 바위에 둘러놓았다. 마을을 지키는 산신에게 정성을 다하는 그들의 모습이 애처롭기도 하고, 한편으로는 어지럽게 돌아가는 나라의 안녕이 걱정되기도 했다.

설충란에게는 큰딸과 아들 공찬이 있었다. 큰딸은 시집을 가서 자식을 낳지 못하고 그만 일찍 죽었다. 그때 공찬이는 누이를 생각하며 곡기를 끊었었다. 그도 그럴 것이 공찬의 어미는 공찬이 어렸을 때 먼저 저세상으로 갔다. 어미처럼 의시하던 누이의 죽음에 공찬이도 적지 않은 충격을 받았을 터였다.

설충란은 마암 주위를 돌아 흐르는 시냇물에 손을 담갔다. 몇 번 목을 축였다. 흘러가는 시냇물에 아른거리는 아들의 얼굴을 어루만지듯 손을 뻗었다. 점점 야위어만 가던 아들을······.

설충란은 공찬이 태어난 날도 여기 큰 바위에 어머니와 함께 왔었다. 장만한 음식을 손에 들고 들뜬 마음이었지만 왠지 마을 사람들이 볼까 부끄러웠다. 명색이 유교를 숭상하는 양반집인데······. 어머니는 왼새끼를 바위에 두르고 삼신할미에게 빌었다.

"비나이다. 비나이다. 제 손자 곰귀여움을 타고나게 해주시고 병치레 없이······."

공찬은 정말 마을의 귀여움을 독차지했다. 글공부를 좋아해서 『천자문』과 『명심보감』을 뗀 뒤로는 사서삼경도 거뜬히 읽어냈다. 나날이 학문을 더해가는 모습이 대견하기까지

했다. 분명 살구나무가 꽃을 활짝 피운 봄날, 과거 급제하여 살구꽃을 꽂은 사관모를 쓰고 금의환향할 아이였다.

설충란은 큰 바위 앞에서 두 손을 모았다.

'설위 할아버지, 불쌍한 증손자의 혼령을 굽어 살피시고, 저승의 삶을 잘 보살펴주세요.'

그의 눈가에 눈물이 흘러내렸다. 아들이 과거 시험도 보지 못하고, 장가도 들지 않았는데…… 올해 약관 스물의 나이로 세상을 떠났다. 공찬의 몸은 뒷산 무덤에 있지만 설충란은 아들을 마음에 묻었다. 그의 집에 신주_{죽은 사람의 이름을 적은 나무패}를 만들어 아침저녁으로 제사를 지냈다.

그로부터 2년 후, 1506년 병인년. 중종 임금이 반정을 통해 연산군을 몰아내고 들어선 첫해였다. 설충란에게 한양의 소식은 다소 먼 걸음에 있었다. 그는 오로지 아들의 죽음에 얽매여 있었다. 어느덧 설공찬이 저세상으로 떠난 지도 만 2년이 흘렀다. 올해는 삼년상을 마치는 해였다. 조카딸이 큰아버지 설충란을 위로하러 들렀다. 찬거리를 장만해왔다.

"공찬이가 장가도 들지 못하고 죽어서 신주에 제삿밥을 먹여줄 사람이 없구나."

설충란은 공찬의 신주를 둔 영호삼년상을 위해 임시로 만든 제청 앞에 앉았다. 그 뒤에 앉아 신주를 지켜보던 조카딸은 슬며시 고개를 옆으로 숙였다. 입술을 살짝 깨물었다.

"아버님이 큰아버지 염려가 많으세요. 신주를 밤낮으로 모신다고 집안 대소사에도 소홀히 하시고, 나라 임금님이 바뀌는 큰 난리가 났는데도……."

조카딸은 무슨 말을 더 하려다 급하게 손을 입으로 가져갔다.

"건강은 잘 챙기고 계신지 모르겠다고……."

"동생 충수가 어지간히 날 걱정해주는구나. 내가 그동안 아들 녀석, 제삿밥 먹인다고 소홀했지. 집안일도, 나라 걱정도……."

설충란은 신주를 한참 바라봤다.

"그래, 이제 어쩔 수 없구나. 신주를 땅에 묻어야겠다."

설충란은 일어나 신주를 집어 들어 비단 천으로 곱게 싸맸다. 영호를 마루에서 치웠다. 하지만 신주를 집 밖으로 내보내는 게 망설여지기도 했다. 멀찍이 두었다가 다시 집기를 여러 차례 하였다. 공찬의 무덤가에 신주를 묻어두고 내려온 날은 하루 종일 곡기를 끊었다. 동생 충수가 조카딸을 시켜 장만해온 음식에는 손도 대지 않았다.

설충란은 동생 충수에게서 '마치 혼이 어디로 빠져버린 사람 같소.' 하며 언짢은 소리도 여러 번 들었다. 집안 대소사에 형님 구실을 못하니 그런 소리를 들을 법도 했다. 자연스레 소원한 관계가 되었지만 비단 그 일만이 아니었다. 그들 자식들 간에 있었던 일도 둘의 관계가 멀어진 이유 중 하나였다.

동생 충수에게는 아들이 둘 있었다. 큰아들이 공침이고, 밑의 동생은 업종이었다. 설충란의 아들 공찬과 동생 충수의 큰아들 공침은 또한 동갑내기였다. 설충란은 사촌 간인 둘을 설위 할아버지가 지은 정자 '백정'에서 천자문을 뗄 때부터 같이 공부시켰다.

"숙동공찬이 어린아이 때 이름이가 먼저 읽어보아라."

"하늘 천 따 지 검을 현 누를 황 집 우 집 주 넓을 홍 거칠

황……."

숙동은 천자문에 쓰인 한자 '天地玄黃천지현황 宇宙洪荒우주홍황'을 거침없이 읽어나갔다.

"업동공침이 어린아이 때 이름이는 무슨 뜻인지 아뢰어라."

업동은 머뭇거리며 천자문 첫 장만 뚫어지게 봤다.

"큰아버님, 글자가 잘 외워지지 않습니다. 검은 건 글자인데……."

둘이 공부하는 정자 밑에서 귀동냥을 하던 더 어린 동생들은 서로 킥킥거리며 웃었다.

"검은 건 하늘이고……."

숙동이가 불쑥 끼어들었다.

"땅은 누렇다. 저 우주는 넓고 거칠다는 뜻입니다."

숙동은 스스로 뜻을 말해놓고 살며시 쿡쿡거렸다. 업동은 저절로 주먹이 꽉 쥐어졌다. 그는 숙동을 슬쩍 바라보며 매서운 눈빛을 보냈다.

"책을 자주 보면 글이 눈에 들어올 것이야. 공부를 소홀히 말거라."

설충란은 어린 조카 공침이 귀엽기도 하고, 한편으론 걱정도 되었다.

그는 어린 둘을 함께 공부시키던 때를 떠올리며 허탈한 웃음을 지었다. 지금 공침은 한양에 가 있다. 동생 충수가 아들 공부를 포기할 수 없다며 일찌감치 보내긴 했지만, 사실은……

설충수

귀신 쫓는 자를 부르다

김석산은 복숭아 나무채로 설공침을 후려치면서
'이십팔수주二十八宿呪' 주문을 외웠다.
"각항저방심미기角亢氐房心尾箕……."

설공찬이 이승을 떠난 지, 5년이 되는 정덕正德 무진년
(1508년) 7월 27일 해 질 무렵이었다.

"아이구머니나! 저, 저 거시기가 뭐이다냐."

설충수 집 뒤편 초가에 사는 여자아이가 개암나무 잎사귀
를 잡아당기다가 까무러치게 놀랐다. 어둠이 시나브로 내
려앉으며 마을 뒷산을 병풍처럼 둘렀다. 하늘에선 마치 선
녀처럼 예쁜 여자가 살랑살랑 치맛자락을 날리며 내려왔
다. 설충수 집 뒷마당 정자 터에서 사뿐사뿐 춤사위를 펼치
며 노닐었다. 여자아이는 행여나 눈이라도 마주칠까 봐 뒤
도 안 돌아보고 초가집 안으로 뛰어 들어갔다. 문고리를 잠

그고 조마조마한 마음을 누르며, 밖에서 무슨 소리가 날까 봐 귀를 기울였다.

이윽고 설충수 어르신 집에서 떠들썩한 소리가 났다.

"공침이가 뒷간에 갔다가 갑자기 병이 들었대. 땅에 엎어져서 한참만에 기운을 차렸는데, 아주 미친 사람처럼 변해 버렸다지 뭐야."

여자아이는 설충수 어르신 댁 아들인 설공침 이야기에 귀가 쫑긋했다. 공침이는 한양에 기거하다 내려온 지 불과 이삼 일도 되지 않았는데 무슨 변고인가 싶었다. 문고리를 풀고 밖으로 나왔다.

"설충수 어르신 모셔올 테니 공침이 도련님을 지키고 있게."

설충수 어른 댁에서 머슴 사는 아저씨가 대문을 뛰어나와 어디론가 달려갔다. 여자아이는 대문 밖에서 안을 엿봤다. 안방마님이 안채 마루에서 대성통곡을 하고 있었다.

"이게 무슨 난리란 말인가? 멀쩡한 공침이가 왜 미쳐!"

"손발은 잘 묶어놨으니 진정하십시오. 마님."

여자아이는 조금 전에 본 하늘에서 내려온 여자 귀신이

공침에게 들어갔나 싶었다. 얼른 마을 사람들에게 이르고 싶은 마음에 입이 간질간질했다.

설충수가 집에 도착했을 때는 해시에 가까웠다. 그는 아들을 보러 대문을 열고 급하게 안채로 올랐다.

공침은 손발이 묶여 있어 요동은 치지 않았지만 몰골이 말이 아니었다. 눈동자가 뒤집혀 흰자위가 드러나고, 입에서는 거품을 물고 꿱꿱거렸다. 도무지 아들의 얼굴 같지 않았다.

"공침아, 어쩌다가 네가 이렇게 되었단 말이냐?"

공침은 고개만 살랑살랑 저을 뿐 더는 말을 못했다. 설충수는 심정이 복받쳐 올라 말을 붙일 수가 없었다.

"부인, 의원은 불렀소?"

설충수는 문밖에 앉아서 눈물을 훔치고 있는 부인에게 물었다.

"의원은 타지방에 출타 중이라 아랫것들이 그곳까지 데리러 갔습니다. 그보다도 마을에서 소문이 돌고 있어요. 한 여자아이가 보았는데 하늘에서 여자 귀신이 내려와 공침의 몸에 들어갔다고…….”

“양반집 여편네가 그런 요망한 말을 믿다니…….”

설충수는 말은 그렇게 톡 쏘았지만……, 멀쩡하던 아이가 갑자기 정신이 혼미해진 게 혹시나 싶은 마음도 들었다.

자시밤 11시~새벽 1시까지가 시작될 무렵, 설충수는 뒤뜰 정자 주위를 서성거렸다. 달무리가 낀 밤하늘을 바라보다 심상치 않은 느낌이 들었다. 한 여자아이가 퍼트렸다는 소문에 온통 마음이 쓰였다.

‘하늘에서 내려온 요사스러운 여자 귀신이라…….’

“여봐라, 김 서방. 자리를 지키고 있는가?”

그는 안채 마당에서 공침을 지키고 있는 아랫사람을 큰소리로 불렀다.

“자네, 급히 한 사람을 불러와야겠어. 김석산이라고 귀신을 쫓아낸다는 그 박수무당남자 무당을 알고 있나?”

“예, 어르신. 풍문이 자자한 사람이잖습니까. 저도 아는 사람입니다.”

“그래, 잘됐네. 양반 댁 체면도 있고 하니 조용히 불러와야 될 것이야.”

설충수는 그길로 김석산을 찾아오라며 김 서방을 떠나보 냈다.

김석산이 설충수 집에 도착한 건 인시_{새벽 3시~5시까지}가 다 지나갈 쯤이었다. 아직 칠흑 같은 밤이었다. 설충수는 사랑 채에서 손님을 맞았다. 호롱불이 검붉게 타 들어갔다. 두 사람의 그림자가 창호문 밖으로 새어나왔다. 사랑채 주위 에서 지켜보는 이들의 호기심도 타 들어갔다.

"양반 댁 일이라 소문이 금방 퍼지더군요. 저도 그 기운 을 직감적으로 느꼈습니다."

김석산은 눈초리를 아래로 내리며 자못 진지한 표정을 지 었다. 설충수는 그의 눈매가 매섭고 직감적으로 느껴졌다 는 말에 쯧쯧, 하며 혀를 찼다.

"그래, 한번 봐주게. 나도 의원을 불러서 될 일이 아닐 성 싶어 자네를 급히 오라고 했네. 그리고 여기는 양반집이니 푸닥거리는 좀 삼가게. 남들 보는 눈도 있으니."

"하하하. 심려 마십시오. 뉘 댁이라고 제가 성가시게 하 겠습니까. 복숭아 나무채와 부적 몇 장을 들고 왔을 뿐입 니다."

설충수와 김석산은 사랑채를 나와 안채로 향했다. 김석산이 안채로 들어서자 공침이 몸을 요동치기 시작했다. 손발이 묶여 있어 방에서 대굴대굴 굴렀다. 아랫사람 둘이 공침을 잡아 꼭 붙들어 맸다. 김석산은 복숭아 나무채로 설공침을 후려쳤다. 부적을 이마와 팔다리에 재빠르게 붙였다. 동북서남 사방을 지키는 수호신 '이십팔수주二十八宿呪' 주문을 외웠다.

"각항저방심미기角亢氐房心尾箕, 두우여허위실벽斗牛女虛危室壁, 규루위묘필자삼奎婁胃昴畢觜參, 정귀유성장익진井鬼柳星張翼軫……."

부적에 그려놓은 붉은 별자리와 그림이 타오르듯이 빛났다. 청룡이 동쪽의 일곱 별을 휘감으며 날아오를 듯했다. 현무가 북쪽의 일곱 별을 등에 이고 북망산천을 걸어갔다. 백호가 서쪽의 일곱 별을 끌고 달려갔다. 주작이 남쪽의 일곱 별을 깃털에 달고 날갯짓을 하려 했다.

호롱불이 급한 바람에 꺼지면서 주위가 순간 어두워졌다. 공침이 울부짖는 목소리를 냈다. 그것도 여자 목소리를…….

"나는 여자라서 이기지 못하고 나간다. 하지만 내 남동생 공찬이를 데려오겠다."

한참 동안 정적이 흘렀다. 목소리의 여운이 잦아들었다. 김석산은 호롱불을 찾아 불을 붙였다. 설공침을 둘러싸고 앉은 모든 이가 눈을 동그랗게 뜨고 놀란 표정을 지었다. 김석산은 잠이 든 듯 눈을 감고 있는 공침의 눈꺼풀을 살며시 들추었다. 검은 눈동자가 돌아와 있었다.

"혼령의 기운이 느껴지지 않습니다. 이제 한시름 놓으셔도 되겠습니다."

설충수는 긴 숨을 내쉬었다. 힘이 빠졌는지 방바닥에 주저앉았다. 김석산은 주위에 있는 사람들을 안채에서 물러나게 했다. 공침을 묶어놓은 광목을 풀었다.

"어르신. 혹시 짚이시는 데가 있습니까?"

"아마 형님네 죽은 큰딸 같네. 목소리도 그렇고…… 공찬이를 아는 걸 보니."

"푸닥거리를 싫어하신다고 하셨지만 무슨 원한이 있으면 해원을 하셔야 합니다. 원귀들이 억울한 일을 털어놓고 가기도 하는데, 이렇게 다른 원귀를 데려오겠다니…… 이번

한 번으로 끝날 것 같지 않습니다."

설충수는 김석산의 말을 귀담아듣는 척하더니,

"아무튼 고맙네. 자네는 그만 돌아가 보게. 아랫사람 편에 두둑하게 챙겨 보낼 테니……."

이렇게 말하며 마지막에는 말에 힘을 놓아버렸다. 그는 딴생각에 빠져버린 사람처럼 멍해졌다. 김석산은 공침과 설충수를 번갈아 보며 눈초리를 치켜올렸다. 지쳐 보이는 설충수를 뒤로하고 김석산은 자리에서 일어났다. 그는 나가면서 고개를 살랑살랑 저었다.

그 일이 있고 나서 며칠이 지난 저녁이었다. 설충수는 안채에 따로 밥상을 마련했다. 아들 공침과 오랜만에 밥상을 두고 마주 앉았다. 지난번 일을 겪고 나서 아들이 점점 여위어갔다. 식사를 제대로 하지 못했다. 설충수는 그 모습이 안타까웠다.

"자, 밥을 들거라."

그 말이 떨어지기가 무섭게 공침이 밥그릇을 들고 게걸스럽게 먹기 시작했다. 마치 배 속에 거지 귀신이라도 들어앉은 듯했다. 설충수는 놀란 눈빛을 감출 수 없었다. 자신이 숟가락을 들기도 전에 아들이 먼저 숟가락을 든 것도 괘씸했다. 무엇보다 왼손으로 숟가락을 들고 밥을 먹는 것이 아니가!

"공침아, 너는 오른손을 쓰도록 엄하게 배웠거늘 어찌하여 왼손으로 밥을 먹는 게냐?"

공침이 밥 먹다 말고 눈을 치켜들었다.

"숙부님, 뭐 그리 놀라십니까! 저승에서는 다 이렇게 왼손으로 밥을 먹습니다."

"뭐야? 거시기 너 누구냐?"

"저 모르겠습니까? 5년 전에 이승을 떠난 조카 공찬입니다. 설. 공. 찬."

"뭐야, 공찬이…… 너, 너, 네가 어떻게 내 아들 몸에 있는 것이냐!"

설충수는 놀라 뒤로 자빠졌다. 아들 공침의 목소리는 온데간데없었다. 예전에 죽은 조카 공찬의 웃음소리만 온 방에 메아리쳤다. 그는 실성해버린 아들 공침을 보면서 정말 죽은 조카 공찬의 혼령이 붙었나 싶었다.

"숙부님, 제 누이의 혼령을 어떻게든 쫓아내려고 애쓰셨더군요. 그럴수록 숙부님 아들 공침이 몸만 다칠 뿐입니다. 우리 혼령은 늘 하늘 가장자리로 다니는데 몸이 상할 리가 있겠습니까?"

설충수는 몸을 뒤로 물렸다. 혹시나 아들 공침의 몸에 들어온 공찬이가 자신에게 해를 끼치지 않을까 두려웠다.

"이놈…… 당, 당, 당장 공침의 몸에서 빠, 빠져나가지 못할까!"

설충수는 용기를 내어 큰 소리를 내봤지만 공찬은 비웃듯 웃었다.

"하하하, 왼새끼를 꼬아 집 문밖에 둘러놓으면 제가 어찌 이 집에 들어올 수 있겠습니까?"

"이놈, 말, 말 잘했다. 내, 내 그렇게 하마!"

설충수는 뒤도 돌아보지 않고, 안채 문을 열고 마당으로 뛰어나갔다. 아랫사람들을 큰 소리로 불러 모으고는 볏짚을 모아서 왼새끼를 꼬라고 명했다. 집안 사람들이 다 달려들어 왼새끼를 꼬았다. 왼새끼로 안채뿐만 아니라 집 주위를 둘러쌌다. 설충수는 조심스럽게 안채 문을 열고 방 안을 들여다봤다. 아들 공침이 아랫목에 얌전히 앉아 있었다. 설충수가 들어오자 공침이 못마땅한 눈짓을 하며 눈을 떴다.

"숙부님이 남의 말을 쉽게 곧이들으시니 한번 속여보았습니다. 역시 제 말에 잘 놀아나시는군요."

"뭐시라, 나를 속여……. 네, 네놈이 이제 보니 솔찬히 영악하구나."

"공자 왈, 맹자 왈 하시는 분이 왼새끼를 꼬다니……. 하하하."

설공침의 입에서 설공찬의 웃음소리만 요란했다. 설공찬의 혼령은 그때부터 공침의 몸을 마음대로 왕래했다. 공찬의 넋이 들어가면 공침은 딴 사람처럼 움직였다. 집 뒤 살구나무 정자에 앉아 책을 펼쳐보기도 하고, 하늘을 우러러 합장을 했다. 공찬의 혼령이 나가면 공침이 제정신으로 돌아왔다.

설공침은 공찬의 혼령이 자기 몸을 들락거리는 일로 너무 서러웠다. 눈물로 나날을 지새웠다. 눈도 붓고 목젖도 부어서 밥을 제대로 먹지 못했다.

설공침이 아버지 충수에게 말했다.

"아버지, 흐흐흐……. 저는 매일 공찬이한테 부대끼고 있습니다. 마치 도리깨로 저를 내려치는 것 같습니다. 제 고통이, 제 한숨이 한 말이나 뛰어나오옵니다."

설충수는 아픈 아들을 안아주었다. 그의 눈도 붉게 물들어갔다. 설움이 복받쳐 올랐다. 그는 다시 김 서방을 불렀다. 김석산을 다시 데려오도록 보냈다. 이번에는 푸닥거리든 뭐든 체면 따질 일이 아니었다. 다시는 공침의 몸에 설공찬이 못 들어오도록 요절을 낼 터였다.

김 서방은 마암 마을을 빠져나와 고례를 거쳐 아미산을 넘었다. 옥천동순창군 순화리에 이르러 성황당 앞에 섰다. 그는 두 손을 모으고 제단에 모셔진 성황사신상에게 머리를 숙였다. 성황대왕 설공검과 성황대부인 양 씨 부인의 목각 신상이 위패와 함께 놓여 있었다. 성황대왕 목각 신상은 사모관대紗帽冠帶를 하였고, 성황대부인은 홍삼紅衫에 족두리를 했다. 순창 고을 사람들은 성황대부인 신상이 얼마나 예쁜지, 길을 가다 예쁜 각시를 보면 '당각시 닮았다'고 말할 정도였다.

"성황대왕님, 성황대부인님, 부디 설충수 나리 댁 공침을 잘 보살펴주세요."

이 성황당에서는 매년 단오제 때 성대한 성황제를 지냈다. 설충수 나리의 7대 조인 설공검을 성황대왕으로 모신 사당이었다. 김 서방은 단오제 때 제사를 돕기도 하고, 무당들과 성황굿판에 뛰어들어 신명나게 놀기도 했다. 박수무당 김석산과 친해진 것도 이 성황당 단오제 행사 때문이었다.

김석산이 사는 곳은 여기서 광덕산_{현재의 강천산} 쪽으로 더 올라가야 했다. 그는 광덕산 산기슭에 신당을 지어놓고 있었다. 김 서방이 도착했을 때는 해가 기웃기웃 넘어가려 했다. 신당 앞에는 족히 이백 년은 넘어 보이는 큰 느티나무가 버티고 있었다. 느티나무와 신당 사이엔 대나무로 만든 솟대가 병풍처럼 펼쳐져 땅에 꽂혀 있었다. 신당 뒤편으론 사람 키 높이만 한 돌탑을 몇 무더기나 쌓아놓았다.

김 서방은 신당문 앞에서 헛기침을 했다. 잠시 기다리자 안쪽에서도 헛기침 소리가 들렸다. 신당 안은 무당 집 같지 않았다. 별 장식 없이 단출해 보였다. 제단 위에는 촛불만

놓여 있고 뒤에는 벽화가 그려져 있었다. 王^왕이라 수놓은 왕관을 쓴, 붉은 얼굴 형상이 그려져 있었다. 염라왕 주위로 십팔대신과 옥졸들이 그를 둘러쌌다. 한 벽면을 가득 채운 벽화였다.

김석산은 사각 반상을 앞에 놓고 김 서방을 맞이했다.

"설충수 나리 심부름 왔네. 공침의 몸이 또 귀신에 씐 모양일세."

김석산은 지그시 눈을 감았다. 왼손가락 마디를 집어가며 중얼거렸다.

"붉은 주사^{朱砂, 경련 발작을 가라앉히는 데 쓰는 광물. 악귀를 쫓음} 한 냥을 사서 두고 나를 기다리라고 하시게. 내가 가면 그 혼령이 제 무덤 밖에도 나오지 못할 것이네. 이 말을 그 무덤가에서 큰 소리로 외치게. 그 혼령이 듣도록 말이네."

"에끼 이 사람아, 귀신 잡는 일은 귀신도 모르게 해야지. 큰 소리로 외치라니."

"하하하, 자네는 내 말대로만 하게. 저 귀신은 분명 설충수 어르신 댁과 사연이 있어. 아마 스스로 풀어야……."

김석산은 말을 하다 말고 고개를 살랑살랑 저었다. 그때의 느낌이 되살아났다. 여자 귀신을 쫓아내고 나서였다. 설충수 어른과 그 아들을 번갈아 바라봤을 때 받은 느낌이었다.

김석산은 김 서방을 배웅하고는 신당 뒤편으로 갔다. 그는 정동향의 돌탑과 정북향의 돌탑, 정서향의 돌탑, 정남향의 돌탑을 차례로 바라보며 합장을 했다. 그리고 그 사방 돌탑 가운데 놓인, 아직 덜 쌓은 돌탑에 주머니에서 꺼낸 돌을 하나 올려놓았다. 돌은 돌무덤에서 홀로 떨었다. 주위에는 그 어떤 바람의 흔적도 없는데…… 오직 싸늘한 밤기운만 감돌았다.

그는 밤하늘을 올려다보았다. 태을성이 눈에 들어왔다. 태을성은 자미원옥황상제가 있는 곳 가운데 있어 태곳적부터 움직임이 없다. 태을성 주위로 북두칠성이 자리하고 28수 각 방위의 별들도 위치했다. 그는 별자리를 눈으로 짚으며 '이십팔수주'를 거꾸로 외우기 시작했다.

"진익장성유귀정 삼자필묘위루규……."

돌이 어둠 속에서 서서히 붉게 빛이 났다. 붉은 경면주사였다.

다음 날 아침, 김 서방은 문안 인사를 하며 김석산의 전 갈을 설충수에게 전했다. 그리고 공찬의 무덤으로 가서 큰 소리로 외쳤다.

"김석산이 오면 공찬이 네 혼령은 무덤 밖에도 나오지 못 할 것이다!"

그날 밤, 설충수는 몸이 좋지 않았다. 그는 공침의 일로 이래저래 편하게 잠든 날이 없었다. 늙은 여종의 병수발을 받으며 일찍 잠을 청했다. 곤하게 자고 있을 때, 방문을 활 짝 열어젖히며 설공침이 들이닥쳤다. 설충수는 아닌 밤중 에 홍두깨 같은 일에 깜짝 놀라 자리에서 일어났다.

"정말 이러실 건가요? 박수무당 김석산을 부르시겠다고 요. 저를 괴롭히시면 숙부님도 성치 못할 겁니다. 먼저 숙 부님 아들 공침이부터 본때를 보여드리지요."

공침이 자신의 몸을 비틀었다. 눈을 빼내려고 눈자위를 찢었다. 그뿐인가! 혀를 뽑아냈다. 혓바닥이 코 위를 지나 귀 뒤로 뻗쳤다. 설충수는 곁에서 자신의 병수발하다 잠든 늙은 여종을 다급하게 깨웠다. 여종은 공침의 모습을 보더니 까무러쳐버렸다. 설충수는 그제야 헛것을 본 게 아니란 걸 알았다. 납작 엎드려 고개도 들지 못하고 두 손을 싹싹 빌었다.

"제, 제, 제발. 다시는 김석산이를 부르지 않을 테니 공침이를 살려주거라!"

설충수는 울부짖으며 몇 번을 애원했다. 그가 고개를 들었을 때, 언제 그랬냐는 듯 공침이 비웃는 얼굴로 그를 바라봤다.

설공찬

이곳이 저승 세계인가!

> "내가 간 곳은 단월국이란 저승이야.
> 그곳 문지기들이 죽은 이가 들어오면
> 이승에서 누구와 어떻게 살았는지 꼭 물어봐."

1508년 무진년중종 3년 늦여름, 저녁 무렵이었다. 설충수의 집 안채 기왓장 끝에선 지시락물낙숫물이 떨어졌다. 설충수는 사랑채 마루에 섰다. 집지시락처마에서 방울방울 떨어지는 빗물을 덧없이 바라봤다. 그는 어쩌면 멍한 눈길로 복받쳐 오르는 설움을 뚝뚝 떨어뜨리고 있는지도 몰랐다. 저 멀리 산기슭에 먹구름이 정처 없이 흘러갔다.

"못난 놈, 못난 놈."

그는 마음속 생채기를 긁어내듯 말했다. 이러지도 저러지도 못하는 스스로가 한심스럽기도 했다. 수염을 가다듬고는 사랑채 안으로 들어갔다.

사랑채에는 공침의 사촌 동생인 설원과 친구 윤자신이 와 있었다. 명목상으론 공침의 병문안이었지만 실은 설충수가 서찰을 돌린 까닭이었다.

"아무래도 나는 이대로 병들어 죽고 말 거야."

공침은 아랫목에 베개를 베고 누워 주절주절 말했다. 그의 눈가엔 잔주름이 늘고 얼굴은 핼쑥했다. 눈물이 눈초리를 타고 베개에 떨어졌다.

"소문은 들었겠지만 내 말에 오해는 말거라. 공찬이가 너희들을 불러 모으라 해서 서찰을 내었다. 나도 대체 무슨 영문인지 알다가도 모르겠구나."

설충수는 자식뻘 되는 젊은이들 앞에서 울먹이며 말했다.

"죽은 공찬이 형이 어떻게 우리더러 오라 가라 할 수 있습니까? 대체 공침이 형이 정신을 못 차리는 이유가 뭔가요?"

설원이 병든 공침의 손을 잡으며 힘을 꼭 주었다. 공침은 무슨 말을 하려다 눈동자가 돌아갔다. 흰자위가 또렷했다.

"봐, 봐라! 공찬의 혼령이 들어오는구나."

설충수는 후다닥 몸을 뒤로 뺐다. 공찬의 넋이 들어오자,

공침은 기지개를 켜고 일어나 앉았다. 그는 뒷머리를 긁고 나서는 설원과 윤자신을 바라봤다. 두 사람 눈에는 조금 전에 누워 있던 공침이 마치 딴사람처럼 느껴졌다.

"내가 너희와 이별한 지 다섯 해나 되었지. 멀리 떨어져 저승에 가 있으니 매우 슬프다."

분명 공침의 목소리가 아니었다. 죽은 공찬의 목소리였다. 설원과 윤자신은 비로소 설충수 숙부님의 말이 귀에 와 닿았다.

"네, 네가 공찬이라면…… 저승에서 어떻게 온 거니? 정, 정말 저승에서 온 거야?"

윤자신이 기어 들어가는 목소리로 되물었다. 그리고 허벅지를 손으로 꼬집었다. 공침이 그런 윤자신을 보며 설핏 미소 지었다. 설공찬의 목소리가 조용히 흘러나왔다.

"저승? 너에게서 그 말을 들으니 정말 내가 이 세상 사람은 아닌가 보네. 하하하. 저승은……, 음 저승이 어디 있는지 말해줄까? 내 저승살이 슬프던 차에 입이 늘 심심했는데, 너희들도 불렀으니 저승 이야기나 들려줄까? 하하하."

공침에게서 병자의 기색은 없고, 공찬의 웃음소리만 잔

잔하게 흘렀다.

"저승은 바닷가에 있어. 여기서 거기까지는 족히 40리는 될걸."

공침의 입을 빌려 공찬의 혼령이 말했다. 그는 죽은 후, 있었던 일을 떠올렸다. 검은 갓을 쓰고 검정 도포를 입은 저승사자 세 명의 인도를 받았다. 먹구름이 덮고 있는 하늘 높은 곳을 걸어갔다. 구름이 흘러가는 방향과 엇갈려 걷는데 그 빠르기가 가늠조차 되지 않았다. 먹구름 사이로 나비 떼가 날아올라와 그들이 가는 길을 지나쳤다. 먹구름 아래 세상에는 분명 비가 내릴 터인데 이 하늘 길은 오색나비가 춤추는 선경이라니! 공찬의 혼령은 날아가는 나비 떼를 돌아보았다. 그는 대체 이 하늘 길은 어디에 가 닿았는가 궁금했다. 앞서가던 저승사자 한 명이 돌아봤다.

"저 구름 아래 세상에서 들려오는 온갖 원성과 원망의 소리는 들리지 않고 네 눈에는 나비 떼만 보이느냐?"

설공찬은 깜짝 놀랐다. 아래에서 들려오는 소리를 그저 빗소리나 천둥소리로 착각하고 있었다. 그러고 보니 여럿이 뒤섞인 말소리가 아리아리하게 들리는 듯했다.

"저승사자가 인도하는 하늘 길을 따라 빠른 걸음으로 다니는데 여기에서 술시오후 7시~9시까지에 나서면 자시밤 11시~새벽 1시까지에 들어가서, 축시오전 1시~3시까지에 성문이 열려 있으면 들어가."

공찬의 목소리가 계속 흘러나왔다. 설충수는 침을 꿀꺽 삼키며 귀담아들었다. 설원과 윤자신은 서로 번갈아 보며 벌어진 입을 다물지 못했다.

"내가 간 곳은 단월국이란 저승이야. 명나라를 비롯해 많은 나라의 죽은 이들이 모이는 곳이지. 그 숫자가 얼마나 많은지 아마 셀 수도 없을 거야. 단월국 임금은 비사문천왕이야. 그곳 문지기들이 죽은 사람들이 들어오면 이승에서 누구와 어떻게 살았는지 꼭 물어봐. 수명이 다한 혼령은 곧장 연옥으로 데려가고, 잘못 데려온 혼령은 옆으로 비켜놓지."

먹구름이 걷혔다. 더 넓은 바다 위 하늘에 높다란 담벼락으로 둘러싸인 궁궐이 나타났다. 빗장을 걸어놓은 성문이 활짝 열렸다. 높이가 족히 스무 척은 되어 보이는 아치형 문이었다. 철갑옷을 입고 투구를 쓴 칠척 장신 수문장이 망나니나 들 법한 큰 칼을 손에 쥐었다. 그는 성문으로 들어오는 혼령들을 지켜봤다. 저승사자는 수문장과 몇 마디 주고받고는 공찬을 데리고 문 안으로 들어갔다.

공찬의 앞에는 긴 줄이 있었다. 사관모를 쓴 관리가 죽은 자들을 일일이 살펴봤다. 저승사자는 자신이 데려온 망자를 그 관리에게 넘기고는 뒤로 물러났다.

"네 부모와 형제, 친척이 있으면 말해보라."

망자가 제대로 말을 못 하자, 한 관원이 쇠채찍으로 바닥을 내리쳤다. 공찬은 뒷줄에서 지켜보다 기겁을 했다. 관원의 우두머리로 보이는 자가 책을 펼쳐놓고 살펴봤다.

"이자는 아직 수명이 남았는데 어떻게 일찍 데려왔는가?"

뒤로 물러나 있던 저승사자가 깜짝 놀란 표정을 지으며 말했다.

"원래는 지 쌍둥이 형을 데려와야서는디, 서로 타졌어뎏다 아차 싶더만요. 성문 코앞에 와설랑 이실직고하기에……."

"저승차사! 넌 뭔 변명이 그리 많아. 문제는 네놈이야! 뭘 맡겼으면 일을 똑바로 해야지. 네놈 때문에 저 땅에 사는 인간들 원성이 더 높겠다. 이런 쯧쯧. 일단 옆으로 비켜둬. 다음!"

공찬이 관원 우두머리 앞에 가 무릎을 꿇었다.

"보아하니 젊은 나이인데, 네 부모와 형제 중에 너보다 일찍 온 자가 있느냐?"

설공찬이 뜸을 들이자 한 관원이 채찍을 바닥에 내리쳤다. 공찬은 정신을 번쩍 차리고 재빨리 말했다.

"예, 어머니와 누이가 있습니다. 어머니는 조선 왕가의 혈통이신 완산 이 씨로서 평성군의 따님이시고 보성군의 손녀이시며, 효령대군의 증손녀입니다. 누이도 일찍 죽어 먼저 저승에 왔습니다."

"그래서 너도 왕가의 혈통이라도 된다는 거냐. 이놈!"

이번에는 관원의 채찍이 공찬의 몸을 향해 곧바로 날아왔다. 정말 정신이 번쩍 들었다. 그 순간 공찬에게는 떠오르는 이름이 있었다. 그가 병이 들어 죽기 직전, 비몽사몽간을 헤매고 있을 때 그를 찾아온 이가 있었다.

1504년연산군 10년 늦은 밤, 설충란은 고열로 시름시름 앓고 있는 공찬을 차마 보지 못하고, 머리에 얹은 수건을 걷어 방문을 열고 나왔다. 대야에 받아놓은 찬물에 수건을 빨고는 밤하늘을 올려다봤다. 초승달 주위로 달무리가 졌다. 달무리는 빠르게 모양을 바꿨다. 달을 숨기기도 하고 달빛에 밀려나기도 했다. 그때 감방^{북쪽}에서 흰 빛줄기 하나가 손방^{동남쪽}으로 달무리를 가로지르며 날아갔다. 순간 설충란의 눈앞에서 사라졌다. 빛줄기를 찾을 여유도 없이 마당 위로 희끄무레한 것이…… 마치 둥글기가 수레바퀴 같은데, 날카로운 톱니 같은 불빛을 뿜으며 어둠을 뚫고 하늘에서 내려왔다. 그 불빛이 공찬이 누워 있는 방으로 사라졌다. 설충란은 뭔 변고인가 싶어 방 안으로 뛰어 들어갔다.

눈 깜짝할 사이, 누워 있던 설공찬은 수염을 기르고, 흰 갓에 흰 도포를 입은 노인을 비몽사몽간에 봤다.

"네가 공찬이냐?"

노인의 목소리는 마치 비파의 울림 같았다. 가락을 타는 듯해서 이 세상 목소리 같지 않았다.

"예, 어르신은 뉘신지요?"

"네 증조부 설위이니라."

"증조할아버지? 어떻게 여기에?"

"이제 곧 저승사자가 찾아올 터이다. 그 전에 너에게 전해줄 편지가 있다. 저승길에 꼭 가슴에 품고 있거라."

설공찬은 떨리는 손을 뻗어 편지를 받았다. 순간 모든 게 희미하게 연기처럼 사라지며 눈앞이 어둠에 덮였다.

설충란이 공찬이 누워 있는 방 안으로 뛰어들었다. 베개 아래로 고개를 떨친 아들을 봤다. 숨소리도 없이…….

"공찬아! 공찬아! 네가 이 아비보다 먼저 가면 어떻게 내가 살라고……. 네가 조상님들을 어떻게 뵈려고……. 이 불효 자식아! 흐흐흐흑."

설충란은 한참을 그렇게 대성통곡을 하며 공찬의 죽음을 슬퍼했다. 아랫사람들이 들어와 둘을 떼어놓았다. 설충란은 기와지붕에 올라가 지전紙錢, 저승 가는 길에 쓰는 노잣돈을 태웠다. 공찬의 옷을 흔들며 그의 이름을 부르며 초혼招魂, 사람이 죽었을 때에, 그 혼을 소리쳐 부르는 일을 했다. 설공찬은 그때 아버지가 부르는 소리를 뒤로하고, 저승사자를 따라 하늘 저승길을 나섰다.

설공찬은 가슴에 품은 편지에 손이 갔다. 혹시 이 편지가……. 그는 편지를 받은 경위를 말하며 관문지기에게 편지를 건넸다. 우두머리 관원은 설위의 편지를 가만히 읽었다. 다시 편지를 접었다. 두 손으로 잡고 머리 위로 올리며 고개를 숙였다. 공찬을 데려온 저승사자에게 그를 설위가 있는 더 높은 천상계로 직접 데려가라고 명했다. 설공찬은 설위 증조할아버지가 저승 세계에서도 높은 벼슬을 하고 계신가 싶었다.

"관문지기는 그제야 나를 놓아주었어. 너희들도 알다시피 설위 증조부는 이승에서도 대사성 벼슬을 하셨는데, 저승에서도 좋은 벼슬을 하고 계셨어."

공침의 입에서 나오는 공찬의 목소리를 듣던 윤자신과 설원은 그들의 귀를 의심했다. 아니 신기하기까지 했다.

"그럼, 이승과 저승은 어떻게 다른 거야? 더 이야기해 줄 수 없니?"

공침이 잠시 숨을 골랐다. 달리 보면 공찬의 영혼이 긴 한숨을 내쉬는 듯했다. 그는 말을 이어갔다.

설초희

그리움을 쌓았다면

"이승에서는 여성에게 글공부도 시키지 않고,
벼슬도 주지 않지만 저승은 달라.
글을 읽고 쓰는 실력이 있다면 여성도 벼슬을 하며 잘 지내."

공찬은 저승사자의 인도를 받아 지옥계와 연옥계, 천상
계로 몇 층의 하늘을 더 올라갔다. 그곳에 신선이 사는 비
경이 펼쳐졌다. 구름이 걸쳐진 바위산을 지나 산기슭에 내
렸다. 폭포수가 밑을 알 수 없는 절벽 아래로 하염없이 떨
어졌다. 그곳에 넓은 연꽃 정원과 남원 땅 광한루정 같은
큰 정자가 세워져 있었다. 백옥으로 장식을 했는지 누정이
눈부시게 빛났다. 그 주위로 복숭아꽃이 만발했다. 공찬은
백옥정에 올라 등을 돌리고 있는 한 노인을 만났다. 바로
죽음 직전에 본 노인을……

"증손자 공찬 삼가 문안드리옵니다."

공찬이 큰절을 올리자 설위가 돌아봤다.

"저승길이 편안했느냐? 너의 아범이 그래도 노잣돈을 좀 냈더구나. 하하하."

"아버님이 지전을 태우기는 하셨지만 그게 무슨 영험한 일이라고……."

"저승차사들이 그 향기를 흠향하고 구박은 않고 왔으니 그나마 다행이 아니냐. 하하하."

설위는 수염을 쓰다듬으며 잔잔하게 웃었다.

"나를 따라오너라. 너에게 보여줄 게 있다."

설위는 백옥정을 내려와 앞장서서 걸었다. 공찬은 증조할아버지를 따라 연꽃 정원을 지나서 솟을대문으로 들어갔다. 그곳은 연꽃 정원과는 전혀 다른 세상이었다. 마치 임금님이 집무를 보는 근정전 같은 느낌이었다. 흰 관복을 입은 사람들이 분주히 이곳저곳으로 움직였다. 돌계단 양옆의 해태는 조각품이 아니고 살아 있었다. 공찬이 지나가자 느긋이 하품을 하며 지켜봤다. '제지전製紙殿'이란 현판이 걸린 건물 안으로 들어갔다. 수십 명의 선녀들이 커다란 원통 솥 안에 나무껍질을 풀어헤치며 젓고 있었다. 그 옆을 지나자 몇 단 높이의 천을 짜는 베틀이 나란히 줄을 서서 척척, 하며 돌아갔다. 종이를 마치 천을 짜듯이 베틀에서 만들어 내고 있었다.

건물 안으로 더 깊숙이 들어갔다. 또 다른 문을 열고 들어서자 이번에는 사방 벽장에 책들이 한 가득했다. 학사로 보이는 이들이 옹기종기 모여서 일을 보고 있었다.

"내가 이승에서는 대사성을 지냈지. 성균관의 책임을 맡은 관직 말이다. 세종 임금께서 어여삐 봐주신 성은이었지. 학문에 뛰어난 자들을 뽑아 유교 서적을 정리하고 문묘文廟, 공자님을 모신 사당에서 공자님을 정위에 모시고 학문을 강론했단다."

설위가 학사들 옆을 지나가자 학사들이 일제히 고개를 숙였다. 공찬은 그 뒤를 조용히 따랐다.

"이곳은 명부의 책을 만드는 곳이란다. 위로는 구천의 옥황상제를 모시고 저 아래 세상 사람들의 삶을 기록해 보관하는 곳이지. 이 학사들은 이승의 한 사람 한 사람의 삶을 어떻게 기록할 것인지 의논하고 평가도 한단다."

설위는 공찬을 데리고 또 다른 문을 열고 밖으로 나왔다.

원형의 큰 대청이 나왔다. 천장이 보이지 않았다. 탁 트인 공간 한가운데, 하늘 끝 간 데를 알 수 없는 고목이 뻗어 있었다. 나무를 타고 올라가는 사다리가 가지마다 걸려 있고, 고목 가지의 옹이마다 큰 방이 있었다. 학사들이 방마다 책을 넣어놓으려 오르내렸다. 공찬이 보기에 그 광경이 장관이었다. 명부 책을 하늘 고목에 보관하다니…….

"나도 저 나무의 끝을 모르겠구나. 아마도 옥황상제가 있는 저 구천에 닿았을지도……. 뭇 사람들의 생명을 기억하는 나무라고 해두자."

"그럼, 저 나무에 저에 대한 명부 책도 보관되어 있나요?"

공찬은 대청을 꽉 메운 나무 둘레를 돌며 설위 증조부에게 물었다.

"글쎄, 붉은 경면주사를 갈아 먹물을 만들어 쓴 글씨가…… 아직 말랐는지 모르겠구나. 가볼 테냐?"

"어디를 말씀입니까?"

설위는 더는 말이 없이 수염을 만지며 앞장섰다. 그들이 닥나무가 우거진 숲을 미끄러지듯 지나쳐 닿은 곳은 '집필전執筆殿'이란 현판을 단 건물이었다. 건물이 족히 10층 높이는 되어 보였다. 건물 안에서는 젊은 남녀가 어울려 담소도 나누고, 어떤 이는 조용히 책상에 앉아 베틀로 짠 한지에 붓글씨를 쓰고 있었다. 설위는 나소 자유분방한 그들을 지나쳐 구석진 곳을 찾아갔다. 한 여인이 봉긋 솟은 학사모를 쓰고 붓글씨를 쓰고 있었다.

"으흠. 집필은 잘 하고 있느냐?"

여인이 급히 돌아보며 설위에게 인사를 했다. 그러고는 옆에 따라온 공찬의 얼굴을 멍하니 바라봤다. 공찬도 마찬가지였다. 서로 입이 벌어져 말을 꺼내지 못했다.

"누……님? 제 누님인가요?"

"공찬아! 네가 여기에 왔구나."

공찬은 누님을 안아보고 싶었지만 차마 발이 떨어지지 않았다.

"설초희는 글을 잘 짓고, 학문이 출중하여 그 재주를 내가 높이 사서 이곳에서 일하도록 했단다. 초희가 쓴 명부는 그 섬세함이 가히 일품이구나."

초희는 설위에게 고개를 숙여 깊이 인사했다.

"오래도록 그리워했을 터이니 내가 자리를 비워주마."

설위는 공찬의 어깨를 만져주고는 그 자리를 떠났다. 공찬과 초희는 책상을 마주하고 앉았다. 공찬은 그토록 보고 싶은 누님의 얼굴이었지만 첫마디를 떼기가 여간 시간이 걸리지 않았다.

"아버님은 아무런 탈이 없으시고?"

"예, 누나……. 제가 불효자예요. 먼저 자식을 보냈으니 상심이 크시겠죠."

"그래, 그런 게 불효라면 나는 너보다 더 큰 불효를 저질렀구나."

공찬은 미소를 띤 누나의 얼굴을 살피며 큰 위로를 받는 느낌이었다. 그는 책상 위에 놓인 한 권의 명부에 저절로 눈이 갔다. 표지에 '설공찬'이라고 쓰여 있었다.

'갑진년甲辰年 단기 3817년 생生 갑자년甲子年 단기3837년 망亡.'

공찬은 이름과 함께 쓰인 출생과 사망 연도를 속마음으로 읽었다.

초희는 여전히 미소를 띤 채였다. 공찬의 속마음을 아는지 명부 책을 공찬 앞으로 밀었다. 공찬은 책을 집어 첫 장을 펼쳤다.

'우리 민족의 시조신이신 단군왕검께서 송화강 아사달에
조선고조선을 세우시고 3,817년이 흘러 이 땅 조선 순창군 마
암에 한 자손이 태어났다. 아버지의 이름은 설충란이고 어머
니는 완주 이 씨이다. 아들의 이름을 설공찬이라 지었다. 원
효대사인 설사로부터 31세 손이요, 이두문을 지은 설총으로
부터 30세 손이고, 순창 설 씨 시조인 설자승으로부터 13세
손이고…… 순창 성황당에 성황대왕으로 모신 설공검으로부
터 9세 손이다……. 공찬은 어려서부터 끔을 타고나…….'

공찬은 천천히 책장을 넘기며 읽어나갔다. 마지막 장에
가까울수록 아직 붉은 경면주사의 먹물이 마르지 않았다.

'마음이 여린 공찬은 어미처럼 따르던 누이의 죽음에 심
장이 찢어지는 아픔을 느꼈다. 날마다 북망산천으로 떠나
간 누이를 그리워했다. 그가 흘린 눈물이 흘러 한 바다를
이뤘고, 그리움을 쌓았다면 태산에 가까웠다. 끝내는 병을
얻어 삶의 의미를 찾지 못했다…….'

설공찬은 책에서 고개를 돌리며 눈을 감았다. '왜 눈물은
짠가, 왜 이럴 때 눈물은 마음속으로 흐르는가.' 하며 흐느

껐다. 초희는 공찬의 손을 잡아주고, 손을 어루만져주었다. 그 손끝의 떨리는 느낌이 고스란히 공찬에게 전해졌다.

"저승은 역시 다르네요. 이렇게 누님도 직책을 맡아서 자기 일을 가지고 떳떳이 살아가시니⋯⋯."

공찬은 복받쳐 오르는 감정을 누르며 에둘러 말했다. 초희와 공찬은 똑같이 구슬픈 웃음을 터트렸다. 이때 설위가 다가왔다.

"그래, 오랜만에 만나 회포는 풀었느냐? 너희들이 웃는 모습이 보기 좋구나. 이승에서 벼슬을 하며 어진 일을 했으면 이곳 저승에서도 좋은 벼슬을 한단다. 그리고⋯⋯."

공침의 입에서 공찬의 목소리가 흘러나왔다. 설위 증조부의 말을 이어받았다.

"이승에서는 여성에게 글공부도 시키지 않고, 벼슬도 주지 않지만 저승은 달라. 글을 읽고 쓰는 실력이 있다면 여성도 벼슬을 하며 잘 지내."

설원과 윤자신은 자신들의 귀를 의심했다. 정말 공침의 입에서 나오는 말이 저승 이야기가 맞는가 싶었다.

설충란과 초희
기특하고도 가련한 운명

> "그것이 누이가 글공부를 같이하지
> 못하는 이유와 무슨 연관이 있습니까?
> 저는 공침과 공부하는 것보다
> 누이와 같이 공부하는 것이 백배 재미있습니다."

1498년 무오년^{연산군 4년} 순창 마암, 봄기운이 기지개를 펼 때였다. 설충란의 집 뒤편에는 설위가 지은 '백정' 정자가 있었다. 날씨가 풀리자 설 씨 가문 자제들과 이웃한 아이들이 정자에 모여 함께 공부했다. 설충란은 훈장을 자청하여 공찬, 공침, 설원, 윤자신을 앞에 두고 한문을 가르쳤다. 공찬의 나이도 어느덧 열네 살이었다. 그동안 천자문은 물론이고, 『명심보감』을 봤고, 『소학』을 공부했다. 공찬은 이미 아버지에게 배우는 공부를 넘어서 사서삼경을 홀로 익히고 있었다. 다만 사촌 형제들의 글공부에 보조를 맞추며 따라갔다.

설충란의 동생 설충수는 형에게 늘 불만을 토로했다. '정자에서 아이들과 소꿉 노는 것도 아니고 순창 향교로 데리고 나와 사서삼경을 가르치며 제대로 훈장 노릇을 하라.'며 볼멘소리를 했다. 사실 아이들 나이로 봐서도 이제 그럴 때였다. 그런데 설충란은 쉽게 마음이 움직이지 않았다. 지금 임금의 성정이 어질지 못하고, 시절이 하 수상하여 앞날을 헤아리기가 어려웠다. 그는 주역의 점괘를 살피며 조정의 앞날을 걱정했다. 아이들에게 과연 사서삼경을 익혀 이런 시절에 벼슬길에 나서라고 할 수 있을지…….

무엇보다 공부 진도를 내지 못하는 데는 동생 설충수의 아들 공침의 영향도 컸다. 공찬과 공침은 같은 나이지만 성정도 다른 데다 글공부에도 큰 차이를 보였다. 공침은 사촌들을 데리고 노는 데는 대장 노릇을 하려 했다. 그런데 공부는 따라오지 못했다. 공침의 글공부에 맞추다 보니 공찬은 늘 되풀이 공부만 했다.

"공침아, 오늘은 『소학』을 마무리하고 책거리라도 해야 할 판인데 어떻게 공부는 힘쓰고 있느냐?"

공침은 설충수의 말을 듣고 풀이 죽었다. 옆에 공찬은 이미 『소학』의 한문 전 내용을 한지에 옮겨놓고 앉아 있었다. 공침은 그런 공찬을 보면서 한숨이 절로 나왔다. 아직도 한문이 눈에 익지 않았다.

"큰아버지. 글공부는 무슨 재미로 합니까? 책에서 떡이 나옵니까, 엽전이 나옵니까? 저희는 양반 집안인데 가만히 있어도 아랫사람들이 농사지어 쌀을 바치고, 배불리 먹고 사는데……, 아무튼 제 소갈머리로는 무슨 재미인지 모르겠습니다."

"그래, 공침이 네 말도 일리가 있구나."

설충란은 공침의 말에 더는 왈가왈부하지 않았다. 오히려 옆에 앉은 공찬을 바라봤다.

"그럼 공찬아, 너는 무슨 재미로 공부를 하느냐?"

"아버님, 저는 그보다는 한 가지 여쭙고 싶습니다. 공침이는 사촌들과 강과 들로 쏘다니며 노는 데 힘쓰는데, 정작 공부를 하고픈 제 누님은 왜 이 자리에 같이할 수 없는 겁니까?"

설충란은 공찬의 말에 사레가 들렸는지 헛기침을 했다.

언뜻 마땅한 말이 떠오르지 않았다.

"너는 삼강오륜을 배우지 않았느냐. 부부유별이라 남편과 아내 사이에도 구별이 있듯이 남녀 간에는 구별이 있어야 하느니라. 『예기』에는 이런 말도 있느니라. 남녀가 칠 세이면 부동석이라. 같이 한자리에 앉는 건 예의가 아니니라."

"그것이 누이가 글공부를 같이하지 못하는 이유와 무슨 연관이 있습니까? 오히려 공침의 말에 제대로 타이르지 못하는 아버님의 성정과 무엇이 다릅니까."

설공찬은 울컥하는 마음을 다잡았다.

"저는 공침과 공부하는 것보다 누이와 같이 공부하는 것이 백배 재미있습니다."

설공찬은 아버지에게서 얼굴을 돌려버렸다. 그때, 공찬의 누이 초희가 송편을 쟁반에 담아 반상을 들고 나타났다. 길게 땋아 그 끝에 댕기를 드린 머리를 하고 싸목싸목 걸어서 정자 위로 올라왔다.

"공찬이가 오늘 책거리를 한다고 해서 송편을 새참으로 준비해왔습니다."

설충란으로부터 공찬, 공침까지 다들 말문을 닫고 있었

다. 초희는 분위기를 제대로 읽지 못했나 싶어 얼굴이 붉어졌다. 황급히 반상을 내려놓고 정자를 내려왔다.

"오늘 글공부는 마치자꾸나. 조희가 책거리로 송편도 가져왔으니 함께 먹거라. 나는 먼저 일어나마."

설충란은 공찬의 말에 아린 마음을 품고 정자를 내려왔다. 설충란이 정자를 떠나자마자 설공침이 일어나 반상 위에 놓인 송편 쟁반을 들었다.

"공찬아, 너의 아버님 말씀 잘 새겨들었느냐? 어디 감히 아녀자가 글공부를 한다고!"

공침이 훈장 흉내를 내자 사촌 형제들이 깔깔거리며 웃었다. 공찬만 울음보가 터질 것 같았다.

"책거리 송편은 너나 다 먹어라. 어디 백배나 재미있는지 보자."

설공침은 공찬의 입에 송편을 억지로 쑤셔 넣으려 했다. 설원과 윤자신은 자신들도 달라며 공침, 공찬에게 달려들었다. 책거리가 아니고 책을 걸레로 만들고 말았다.

설충란은 집 뒷산을 산책하며 마음을 달래려 했다. '고얀

것들! 이제는 머리가 컸다고 날 훈계까지 하고…….' 그는 헛웃음이 나왔다. 사실 그는 공찬의 말에 공자 왈 맹자 왈 하는 변명보다 이 핑계 저 핑계를 떠올렸다.

'네 어미가 일찍 돌아가서 초희가 그 몫까지 하느라 몸이 둘이라도 모자라지 않느냐.'

'초희는 시집갈 준비를 해야지. 이제 나이가 차지 않았느냐.'

틀린 말도 아닌 것이 초희를 보려고 담양과 남원 양반 자제들까지 와서 담장을 기웃거릴 정도였다.

설충란은 딸에게 공부를 직접 가르치지 않았지만 부인 이 씨는 달랐다. 왕가의 혈통이기도 했고, 『시경』에 두루 능해 규방가사도 곧잘 써냈다. 특히 언문으로 쓴 규방가사는 딸에게 전하고픈 어미의 마음이 가득했다. 설충란은 안채 마당에 서서 방 안에서 들려오는 어린 초희의 글 읽는 소리를 듣곤 했다. 부인 이 씨의 훈계하는 말도 엿들으며 고개를 끄덕였다.

"초희야, 세상의 이치를 깨치는 데는 꼭 한문을 익혀야

되는 건 아니야. 우리 임금 세종께서 만드신 훈민정음으로
도 얼마든지 세상 이치를 깨치고 나타낼 수 있단다. 다만
너에게 한문이든 한글이든 다 익히게 하는 것은 네가 능히
비교하여 자유자재로 글을 읽고 쓰게 하기 위해서야."

부인 이 씨는 집안 아랫사람들이 하는 일도 초희가 거들
게 했다. 그녀는 장 담그는 일도 손수 나서서 챙겼다. 재료
하나하나를 바구니와 그릇에 담고 이름을 한글과 한문으로
써서 붙여놓았다. 초희가 재료를 외우며 장 담그는 법을 익
히도록 했다. 그녀는 장을 담은 독아지^{옹기}를 왼새끼로 감으
면서 우습게도 터줏대감에게 기도를 했다. 마루 한 귀퉁이
에는 항아리에 쌀을 넣어두고 성주신에게 기도했다. 부엌
에서는 매일 사발에 물을 갈아주며 조왕신께 기도를 했다.
유교의 법도를 익힌 왕가의 자손이 말이다. 아마도 부인 이
씨가 집안 신들을 섬기는 건 시어머니의 영향도 없지 않았
다. 설충란의 어머니는 그가 어릴 때 찾아온 병마를 쫓으려
고 무당을 불러와 큰 굿판을 벌이기까지 했으니 말이다. 설
충란은 부인이 조상에게 제사 지내는 일에만 소홀하지 않
는다면 그깟 집안 잡신들에게 고사 지내는 일이야 별것이

겠냐고 여겼다. 다만 딸 초희가 내심 걱정스러웠다.

숙동은 누나 초희의 손을 잡고 대문 밖을 산책 나왔다. 숙동은 아버지에게 천자문을 배울 때라 한참 글쓰기를 좋아했다. 길거리에 흙바닥만 보이면 나뭇가지를 주워들어 천자문 네 글자를 쓰곤 했다. 누이도 숙동이 흙바닥에 글을 쓰면 가만히 지켜봤다. '天地玄黃천지현황'이라고 숙동이 쓰자, 초희는 그 밑에다 '하늘은 검고 땅은 노랗다.' 하고 써 놓았다. 숙동은 누나가 쓴 한글이 참 예쁘다며 자연스레 따라 썼다.

설충란은 길거리 흙바닥 곳곳에 쓴 글들을 뒤따라가며 본 적이 있었다. 그는 딸의 글재주가 남다르다는 걸 알고 있었다. 다만 많이 배우고 익힌다고 벼슬길에 나갈 수 있는 것도 아니고, 오히려 어미를 일찍 여읜 딸의 근심만 늘 것 같았다.

기특하고도…… 어쩌면 가련한 운명일지도…….

제3장

설공찬 염라왕의 연회
설초희 소리글자에 빠지다
공찬과 초희 어느새 듬직하게 자란
공찬과 초희 한 푼의 인연

설공찬

염라왕의 연회

> "성화 황제가 이승에서는 최고로 힘이 센 중국 황제였지만,
> 염라대왕은 황제의 부탁을 들어주지 않았어.
> 오히려 그 앞에서 아끼는 신하에게 벌을 내린 것이지."

1508년 무진년^{중종 3년} 초가을, 선선한 바람이 부는 저녁 무렵이었다. 설공찬의 혼령이 설공침에게 빙의했다는 소식을 듣자마자 설원과 윤자신이 벗은 발로 달려왔다. 설충수의 안채에는 호롱불이 밝혀졌다. 설공침이 말끔히 옷을 갈아입고 앉아 있었다. 그의 얼굴은 여위었지만 상투를 틀어 모습은 그럭저럭 단정했다.

"내가 오늘은 염라왕의 연회에 초대받은 이야기를 해줄까 해."

설공침은 옷맵시가 단정한지 팔을 펼쳐 이리저리 살폈다. 공침에게 빙의한 설공찬의 혼령은 회상하듯 천천히 말

을 이어갔다.

백옥정에서 공찬은 설위 증조부와 마주 앉았다. 설위는 공찬에게 예복을 차려입으라며 옷을 건넸다. 염라왕의 궁궐에서 큰 연회를 연다는 말을 전했다. 물론 염라왕이 공찬을 알아서 초대한 건 아니라는 말과 함께……

"너도 이곳에서 지옥의 형벌을 관장하는 시왕_{열 명의 지옥대}_왕의 심판을 받아야 할 처지이나, 잠시 미룬 것은 나보다는 더 높은 천상에 계신 조상 신령님의 배려이니라."

설공찬은 잠시 어리둥절했다. 심판을 받아야 한다는 이야기에 두려움이 없는 건 아니지만 조상 신령님의 배려라니…… 대체 이보다 더 상천에 계신 조상 신령님은 어떤 분이기에…… 자못 궁금하기까지 했다. 설위는 그런 공찬의 마음을 읽은 듯 미소를 머금었다.

"차차 알아갈 것이야. 지금은 예복으로 갈아입고 염라왕을 뵙자꾸나."

염라왕의 궁궐은 이승에서 제일이라는 중국 황제의 궁궐과는 비교도 할 수 없었다. 크기도 그렇지만 검은 단청의 기와 담장과 검은 철갑옷을 입은 신장들이 궁궐 안팎을 둘러싸 으스스한 기운이 감돌았다. 연회가 열리는 염라전은 팔각으로 된 누각으로 몇 층 높이인지, 옆으로 몇 개의 방문이 있는지 알 수 없는 장대한 모습이었다.

설공찬은 정식으로 초청받지 않은 터라 염라전 밖에서 기다렸다. 증조부 설위가 먼저 염라전 안으로 들어갔다. 초청받은 손님들이 다 들어가고 난 뒤 신장 한 명이 공찬에게 다가왔다.

"너는 염라전 안에 자리가 따로 없다. 명부전을 관장하는 설위 신령의 부탁이니 구석진 곳에 자리를 주마."

공찬이 염라전에 들어가 구석진 자리에 앉았을 때는 이미 예악이 울렸다. 온갖 종류의 악기들이 각양각색의 소리를 내며 울리는데도 한 음색으로 모아졌다. 마치 그 음색이 비단결처럼 고왔고 나비가 날개 치듯 부드러웠다. 무대 앞에 한 줄기 조명을 받으며 들어선 이가 말을 이었다.

"복걸복걸伏乞伏乞, 엎드려 빕니다 지옥심판 시왕님들."

"복망복망伏望伏望, 엎드려 바랍니다 중생구제 여래보살님들."

그가 얼굴을 부채로 한번 가렸다 떼자 얼굴이 확 바뀌었
다. 부리부리한 눈과 흰 눈썹, 흰 수염을 늘어뜨린 시왕 얼
굴이다. 그는 부채를 접으며 무대 앞의 좌중을 둘러봤다.
금으로 치장된 옥좌에 염라대왕이 앉았고, 그 좌우편으로
시왕이 자리를 했다. 좌편 끝에서 제일전 도산지옥 진광대
왕, 제이전 화탕지옥 초강대왕, 제삼전 한빙지옥 송제대왕,
제사전 검수지옥 오관대왕, 제오전 발설지옥 염라대왕은
좌장으로 가운데를 차지했다. 우편으로 제육전 독사지옥
변성대왕, 제칠전 거해지옥 태산대왕, 제팔전 철상지옥 평
등대왕, 제구전 풍도지옥 도시대왕, 제십전 흑암지옥 전륜
대왕이 차례대로 자리했다.

그가 또 한번 부채로 얼굴을 가렸다 떼자 얼굴이 확 바뀌
었다. 온화한 눈매에 갸름한 턱을 가진 보살의 얼굴이었다.
열 명의 지옥대왕 위편에 나란히 서 있는 여래와 보살을 그
가 부채로 가리켰다. 제일전에 정광여래, 제이전에 약사여
래, 제삼전에 현겁천불, 제사전에 아미타불, 제오전에 지장
보살, 제육전에 대세지보살, 제칠전에 관음보살, 제팔전에
노사나불, 제구전에 약왕보살, 제십전에 석가여래가 자리

했다.

"가면을 자유자재로 바꾸는 이 변검 귀신, 염라전 무대에 서서 시왕과 여래보살님을 뵈오니 감개무량하옵니다. 엎드려 바라옵건대 중생의 죄를 굽어 살피시어 억울함이 없게 하시고, 부디 왕생극락의 길로 인도하여 주십시오."

변검 귀신이 엎드려 절하고는 일어났다. 그리고 휙, 휙 하며 여러 번 얼굴을 바꾸었다.

"시왕의 일을 도와 중생들을 저승으로 불러들이고, 판단 하시는 여러 판관, 장군, 귀왕, 동자, 사자 여러분이 함께한 이 자리에서 경극을 펼쳐볼까 합니다."

시왕과 여래보살을 중심으로 그 밑으로 저승을 관장하 는 수많은 문무신장들이 앉았다. 공찬은 무대와 한참 떨어 진 구석진 곳에서 염라전을 둘러봤다. 그 가운데서 설위 증조부를 찾아냈다. 그는 염라왕 밑으로 중간쯤 앉아 있었다. 그보다 두 칸 밑에 민후라고 공찬이 알아볼 만한 분이 앉아 있었다. 저분은 벼슬은 했지만 특별히 공을 세운 것이 없었 다. 다만 청렴하게 사셨다고 들었다. 저승에서도 좋은 벼슬 을 하고 있구나 싶었다.

"이 변검 귀신, 이승에서는 박수무당이었습죠. 살아 있는 자손들이 죽은 조상 혼령이 잘되라고…… 천도제를 지내 달라 하여 부수히도 부탁 받았습죠. 히히."

변검 귀신은 잠시 말을 멈추고 목소리를 죽였다.

"사실…… 그들의 진짜 속내는 조상신들이 원귀가 되어 서 제발 괴롭히지만 않았으면 하는 것이지요. 히히. 아무튼 그들의 왕생극락을 빌어드렸는데 이 자리에서 그 굿판을 한번 벌여볼까 합니다. 얼쑤."

변검 귀신이 얼쑤, 하며 팔다리를 한번 휘젓자, 무대가 휙, 하고 바뀌었다. 제일전 도산지옥이 배경으로 펼쳐졌다. 망자가 허기진 배를 움켜쥐고 바위 모서리가 칼날 같은 산 을 지나갔다. 연기를 맡은 판관과 귀왕, 동자와 사자들이 무대 뒤에서 뛰쳐나와 단상을 마련하자마자, 진광대왕으로 분장한 배우가 걸어 나와 자리에 앉았다.

"대산유판관, 대산주판관, 도구송판관, 대음하후판관, 명 부전에서 쓴 죄인의 명부 책을 잘 살펴보았으면, 그 죄를 이르라."

"요즘은 명부 책에 쓰인 기록이 사경대邪鏡臺, 죄업을 비추는 거

84

울에서 움직이는 그림으로 바뀌어서 비칩니다. 한결 보시기 편하실 것입니다. 저승도 많이 바뀌었습니다. 예에."

"그리 편한 물건이 있었느냐? 내 명부 책을 보느라 눈이 침침했는데 어디 한번 보자꾸나."

한 손에 삼지창을 든 귀왕과 한 손에 도깨비 방망이를 든 머리에 뿔이 달린 귀왕 둘이 여자 죄인을 데려와서 사경대 앞에 세웠다. 그녀의 삶이 주마등처럼 흘러갔다. 돈을 받고 어린 처녀를 늙은 홀아비에게 중매 서는 장면이 나왔다.

"아이구, 저승 대왕님. 제가 돈에 눈이 멀어 저게 똥인지 된장인지 분별도 못하고 죄를 지었습니다. 흑흑흑."

변검 귀신이 무대에 나타나 고깔을 쓴 박수무당으로 얼굴을 휙, 바꿨다. 조상해원가를 읊었다.

인간들이 태어날 적 선하게도 태어나서,

인간 세월 살아갈 때 많은 죄업 지었다면

인간 죽어 혼령되어 가는 곳은

저승이라 하였던가.

지장보살 주장되어 십대왕을 거느리고

계시는 곳 지옥이라 하였든가.

십왕들의 주장시왕 염라대왕 중심으로

시왕들이 좌우 나열하시니,

오늘 경오, 신미, 임신, 계유, 갑술, 을해

태어난 자들이 죽은 지 제 칠 일에

어느 대왕 매였는가?

제일전에 진광대왕 매였는가.

정광여래가 중생을 제도하는 원불인데,

무슨 지옥 마련했는가? 도산지옥 마련이오.

도산지옥 가지 말고 왕생극락 가올 적에,

가련하다 금일망혼 가다가다 저물거든

법장세원 찾아가서 수인장엄 자고 갈제,

정광여래 대원으로 인로왕을 따라가서

이 지옥을 면해 가소 나무아미타불

* 조상해원문인 육십갑자 시왕풀이 중 일부

변검 귀신이 목탁을 두드리며 '나무아미타불'을 외자, 무
대가 확 바뀌었다. 바다가 펼쳐지고, 용의 머리를 단 반야

용선이 나타났다. '나무대성인로왕보살南無大聖引路王菩薩, 망자를 극락정토로 인도하는 안내자'이란 큰 깃발을 단 배였다.

조금 전까지 진광대왕의 복장을 한 배우가 몸을 한 바퀴 휙 돌리더니 정광여래의 모습으로 바뀌었다. 여자 죄인을 데리고 반야용선에 올라탔다. 정광여래가 중생을 제도하는 법문을 외우자, 그 배는 물결을 타고 극락정토로 나아갔다.

멀리 앉아서 무대를 바라보던 진광대왕이 킬킬대며 웃었다.

"변검 귀신, 네가 제법이구나. 그래 죄인이 자기 죄를 부인하고 고집을 피우면 내가 도산지옥 진광대왕이지만, 마음을 바꿔 용서를 빌면, 바로 내가 중생을 구제하는 정광여래니라. 하하하."

그 말에 모든 시왕들이 다 함께 껄껄거리며 웃었다. 박수무당은 신명이 났는지 제2막 화탕지옥 초강대왕 편으로 넘어가려는데 염라전 문이 열렸다. 저승사자가 죄인을 끌고 들어왔다. 그를 무대 위에 세웠다.

"내가 염라전에서 있었던 일을 하나 말해줄까?"

공침의 입을 통해 공찬의 혼령이 말했다. 이미 바깥은 어두워져 호롱불만 빛을 내며 타올랐다. 방 안에서 어처구니없는 저승 이야기를 듣고 있는 설원과 윤자신은 그저 고개만 끄덕일 뿐이었다.

"중국의 성화 황제를 알잖아. 조선도 사대의 예를 드리려고 그분의 연호를 썼지. 그분이 아끼는 신하 하나가 저승사자의 손에 끌려온 거야."

저승사자는 포박을 풀어주며 성화 황제의 신하를 무대에 꿇어앉혔다. 동시에 염라전 문이 열리며 성화 황제의 다른 신하인 '애박이'가 들어왔다. 그는 무대에 올라 방금 잡혀온 신하 옆에 섰다.

"저승을 다스리시는 염라대왕께 아뢰옵니다. 방금 잡혀온 이 신하는 성화 황제께서 아끼시는 신하이옵니다. 그분의 부탁이오니 부디 1년만 이승에서 더 살게 해주십시오."

애박이가 머리를 숙이고 엎드려 절을 올렸다.

"그랬더니, 염라대왕이 뭐랬는 줄 알아?"

공침의 얼굴엔 마치 공찬의 표정이 나타난 듯했다. 공침이 말하는 것인지 공찬이 말하는 것인지 얼굴 표정만 보면 분간을 할 수 없었다. 호롱불 아래 눈동자만 빛나고 숨소리도 들리지 않았다.

"천자가 특별히 부탁하는 것이니 거절할 수는 없고…… 하지만 일 년은 너무 길고, 한 달만 살려주마."

연회를 연 염라대왕은 여러 시왕을 초청한 자리라 너그럽게 받아주었다.

"성화 황제께서 일 년이라 하셨는데……."

애박이는 말을 제대로 맺지 못했다.

"황제가 비록 천자이지만, 사람을 죽이고 살리는 일은 다 내 권한인데, 어찌 거듭해서 이래라저래라 하는 것이냐?"

염라전에서 방금 한 말인데 상천 저승에 머물러 있던 성화 황제의 귀에 금방 들어갔다. 성화 황제는 예복을 갈아입고 신하를 거느리고 염라전에 나타났다. 마치 전광석화와 같았다.

"성화 황제에게 그냥 의자 하나 내주어라."

염라대왕은 황금의자에 앉아서 보통 의자에 앉은 성화 황제를 내려다봤다.

"내 저놈의 죄를 사경대에 비춰보겠소. 진광대왕 그대의 사경대를 빌리리라."

사경대에 신하의 죄상이 비쳤다. 자신에게 사사건건 시비를 건다 하여 반대파를 역적으로 모함하고, 온갖 자료를 갖다 붙여 반대파를 극악무도한 죄인으로 만들어 처형하게 만들었다.

그 신하는 사경대를 보다 고개를 절레절레 흔들며 극구 부인했다. 염라대왕은 신하를 비웃으며 초강대왕에게 큰 소리로 말했다.

"이 죄인이 자신의 잘못을 뉘우칠 줄 모르니, 지은 죄가 아주 무겁다. 죄를 지은 그 손을 솥에 넣고 삶아라. 초강대왕! 화탕지옥으로 데려가시지요."

공찬은 그 신하가 화탕지옥에 끌려가 펄펄 끓어오르는 솥에 손이 담기는 모습에 기겁을 했다. 마치 자신의 손이 삶아지는 느낌이었다.

"성화 황제가 이승에서는 최고로 힘이 센 황제였지만, 염라대왕은 황제의 부탁을 들어주지 않았어. 오히려 그 앞에서 아끼는 신하에게 벌을 내린 것이지."

공침의 입에서 긴 한숨 소리가 났다. 잠시 후에 공침이 자리에 눕더니 깊은 잠에 빠져버렸다. 설충수는 공침의 몸에서 설공찬의 혼령이 빠져나간 모양이라며 이불을 덮어주었다. 설원과 윤자신은 자신들이 들은 이야기를 못 미더워했다. 여기가 저승인지 이승인지 모르겠다며 자리에서 일어났다.

설초희

소리글자에 빠지다

"네가 지었다고 해.
아녀자가 뭔 방정맞은 짓이냐고 손가락질할지 몰라.
나는 이런 들소리로 힘들게 농사짓는 분들이 시름을 달랬으면 해.
그걸로 만족하고."

1498년 무오년_{연산군 4년} 순창, 봄의 기운이 한창이었다.
설공찬과 초희는 솟을대문을 뛰어나왔다. 고을 초가지붕
이 봉올봉올 맺힌 고샅_{좁은 골목}을 빠져나와 마암 들판을 달
렸다. 둘이 달리는 들길을 따라 봄꽃들이 고개를 내밀었다.
그날은 마을 사람들이 다 모여 논에 모를 심는 날이었다.
들판에는 '農者天下之大本_{농자천하지대본}'이란 깃발이 펄럭였
다. 설충란은 마을 아낙들을 불러 모았다. 그의 집 곳간에
쌓인 지난해 곡식을 풀었다. 그는 농사철을 맞아 모심기도
해야 하지만 4월 보릿고개를 지나야 하는 마을 사람들의 힘

든 삶을 누구보다 잘 알고 있었다.

"이 곡식으로 밥 지어서 모내기 하는 장정들 새참거리라
도 가져다주시오."

설충란은 아낙들에게 곡식을 나눠주고는 들판으로 나갔
다. 마을 사람들이 품앗이로 그의 논에서 모심기를 했다.
나이 든 한 농부가 허리를 펴고 서서 노래를 불렀다.

어~ 혀이 어~ 혀이 어~ 혀이 여루 상사디여

모손을 갈라쥐고 거듬거듬 심어나 보세선소리꾼의 메김소리

여 여허~여~여허루~상사디이~여후렴을 받아 모를 심는 소리

여기도 꽂~꼬오~고 주인 마님 그 자리도 꽂아나 보세

여 여허~여~여허루~상사디이~여

이 농사를 잘 지어서 선영 봉제사 하여나 보세

여 여허~여~여허루~상사디이~여

앞산은 멀어지고~ 뒷산은 가까워지네

여 여허~여~여허루~상사디이~여

서마지기 논배미가 반달만큼 남았네

여 여허~여~여허루~상사디이~여

니가 무슨 반달이냐 초생달이 반달이네

여 여허~여~여허루~상사디이~여

이 논배미를 다 심으면 장구배미로 님어를 가세

여 여허~여~여허루~상사디이~여

깃발 둘레로 마을 아낙들이 모여 함께 어깨춤을 추었다. 꽹과리와 북소리가 요란했다. 초희는 아낙들 옆에 앉아 농사꾼들이 내는 들소리를 한글로 흙바닥에 써나갔다. 말소리 하나하나가 한글 소리 글자로 바뀌면서 덩달아서 덩실덩실 춤을 췄다. 초희는 이런 살아 있는 들소리를 그대로 채록할 수 있는 한글에 묘한 쾌감을 느꼈다. 도무지 한문으로는 이런 소리를 받아쓸 수 없었다.

"누나, 언문으로 쓰니 소리를 다 받아쓰네!"

공찬은 누나가 흙바닥에 쓴 글을 보며 감탄한 듯 환한 미소를 지었다.

"그래, 우리 임금 세종께서 왜 나라말이 중국과 달라 이 글자를 만든다고 했는지 이제야 알 것 같아."

공찬은 괜한 심술기가 발동했다. 글을 쓰는 누나 몰래 모한 포기를 가져다가 그녀의 머리에 꽂아주었다.

"아이코 상사뒤여~ 우리 누나 머리에도 모가 났네. 여 여 허~여~ 여허루~상사디이~여."

초희는 머리에서 모를 떼어냈다.

"이 녀석이! 너 거기 안 서!"

"소똥 거름 많이 줬나 모가 잘도 자라네. 여 여허~여~여 허루~상사디이~여."

줄행랑을 놓는 공찬을 뒤쫓아서 초희는 달려갔다. 설충 란은 두 남매를 멀리서 지켜봤다. 시집갈 나이인 딸아이가 저렇게 들판을 뛰어다녀서야, 하며 혀를 차다가도 미소가 절로 지어졌다.

며칠 뒤, 초희는 사랑채에 붙은 정자에 앉아 한지에 붓글 씨를 썼다. 글을 쓰면서 얼굴엔 미소가 떠나지 않았다.

도깨비 방죽에 물찼네 상택에 물 올려 하택에 논고르세
도깨비 방죽물이 넘치네 이 물을 품어 풍년농사 지어보세
어느새 번쩍 오십이 올라갔네

오동추야 저 달은 밝고 님의 생각이 절로 난다

어느새 번쩍 사오십이 올라갔네

두견새야 울지 마라 님의 간장 다 녹는다

어느새 번쩍 오륙삼십 올라갔네

쑥국새야 울지 마라 니가 울면 날이 가물고

비가 안 오면 도로 쑥국

어느새 번쩍 백에 절반 올라갔네

인간 칠십 고로롱 팔십 올라갔네

이팔청춘 소년들아 백발 보고 조롱 마라

어제 청춘이 오늘 백발 한심하더라

어느새 번쩍 백두레가 올라갔네

자! 모심을 준비 다 되었는가

　초희는 일어나서 어깨춤을 춰가며 노랫말을 흥얼거렸다. 들소리 한소리가 갈무리된 느낌이었다. 초희는 고을 아낙들과 몸종에게 타지방에서 떠도는 들소리를 모아보라고 일부러 엽전을 쥐여주기도 했다. 그렇게 모으고 모은 모내기 때 흥얼거리는 소리를 초희는 서로 엮어서 하나의 그럴싸한 들소리로 만들었다. 저절로 어깨춤이 춰졌다.

　그때 공찬이가 사랑채에 들렀다가 누나의 모습을 보았다. 그는 뒤편에서 누나가 혼자 어깨춤을 덩실거리며 노는 모습을 한참이나 지켜보았다.

　"흐흠, 웬 아녀자가 저리도 방정맞은고?"

　공찬은 아버지 목소리를 흉내 내며 정자 쪽으로 다가갔다.

　"아이구머니, 너 공찬이!"

　"누나, 무슨 신명이 나서 어깨춤이야?"

　공찬이 정자 위로 올라오며 장난치듯 덩실덩실 어깨춤을 흉내 냈다.

　"내가 모내기할 때 부를 들소리를 한번 지어보았지. 이 글을 한번 볼 테냐?"

　"정말!"

　공찬은 누나가 지은 글을 읽어 내려갔다.

　"재밌다! 이건 언문으로 쓴 글이라 농사짓는 사람들에게 가르치기도 쉽겠어."

　공찬은 한지를 펼쳐들고 자기 나름대로 음률을 넣어 불러 봤다.

"너도 제법 한 곡조 하는구나. 공찬이가 농사짓는 분들에게 가르쳐주면 안 될까?"

"그럴까? 이 들소리를 누나가 지었다고 하면 다들 깜짝 놀랄 거야."

초희는 잠시 생각하더니 말을 이었다.

"그냥. 네가 지었다고 해. 네 말대로 아녀자들이 뭔 방정맞은 짓이냐고 손가락질할지 몰라. 나는 이런 들소리로 힘들게 농사짓는 분들이 시름을 달랬으면 해. 그걸로 만족하고."

공찬은 누나의 말이 심장에 물결쳐왔다. 괜히 가슴이 더 두근거렸다.

"내가 들소리 잘 부르는 아이를 알고 있으니까 한번 해볼게."

공찬은 쇠뿔도 단김에 빼야 한다고, 한지를 들고 나갔다. 들판에 나가 자기 또래의 농사꾼 아이들을 불러 모았다. 누나가 쓴 들소리를 들려주었다. 언문도 가르치고, 들소리에 가락을 붙여 흥겹게 불렀다. 며칠을 그렇게 들소리에 맞춰 한글을 배우자 농사꾼 아이들도 금방 한글을 이해했다.

설공침과 설원, 윤자신이 들판에서 들소리를 가르치는 공침에게 다가왔다.

　"요즘 며칠 얼굴을 못 본다 싶었더니 여기서 놀고 있었네. 농사꾼 아이들과 뭐 하는 거야?"

　설공침은 공찬이가 들고 있는 종이를 휙, 낚아챘다.

　"양반집 자식이 이런 언문이나 가르치고 다니는 거야? 네가 사대부 집안에 똥칠을 해도 제대로 하고 다니네. 똑똑히 들어. 내가 큰아버님에게 제대로 일러바칠 테니까."

　농사꾼 아이들이 설공찬 주위로 모이면서 패를 만들었다. 그러자 공침 주위로 설원과 윤자신이 바짝 붙었다. 누구 하나 허튼소리가 나오면 마을 싸움이라도 날 판이었다.

　"배우는 데는 귀천이 따로 없어. 임금님께서 훈민정음을 널리 배우고 익히라고 하셨는데 무슨 잘못된 거라도 있느냐?"

　설공찬의 말에 공침의 기세가 약간 수그러들었다. 농사꾼 아이들이 더 많아서 혹시 싸움이 나면 불리할 것만 같았다.

　"너희들이 숫자만 믿고 까불면 오히려 더 혼난다. 양반집 자제가 맞았다고 하면 아마 순창 군수가 가만 있지 않을 거다.”

“여기서 괜히 시비 걸지 말고, 시시비비는 큰아버지, 아니 훈장님 앞에서 따져보자. 형.”

공침의 사촌동생인 설원과 윤자신이 공침의 팔을 잡으며 에둘러서 싸움을 말렸다. 공침은 못 이기는 척 물러났다. 혹시 농사꾼 아이들에게 맞았다고 소문이 나면 창피해서 얼굴을 못 들고 다닐 것 같았다.

“어디 두고 보자.”며 공침이 한발 물러섰다.

백정 정자에 설충란과 아이들이 모였다. 설충란이 공부 이야기도 꺼내기 전에 설공침이 먼저 말을 꺼냈다. 공찬에게서 뺏은 들소리가 쓰인 한지를 내밀었다.

“이 순창에서 권세 높은 양반집 아들이 이런 언문을 써서 농사꾼 아이들에게 가르치고 있었습니다.”

설충란은 걱정 어린 눈빛으로 설공찬을 바라봤다. 설공침은 이때다 싶었다. 공찬을 구석으로 몰아가는 말을 쏟아냈다.

“훈장님 말씀처럼 사대부라면 누구나 대국인 중국을 섬

기고, 한문으로 글을 익히고 그 뜻을 베풀어야 도리가 아니 겠습니까."

설원과 윤자신이 옆에서 듣다가 끽끽거리며 웃었다. 자기들끼리 '한문이 어렵다고 투정 부린 게 누군데' 하면서 속말을 주고받았다. 설충란은 종이에 쓰인 들소리를 보면서 공찬에게 물었다.

"공찬아. 이건 네가 쓴 글이냐? 네 글씨가 아닌 것 같은 데……."

"초희 누나가 쓴 들소리입니다. 힘든 농사일에 시름을 달래라고 누나가 쓴 글입니다."

"초희 누나가 주제를 모르는구나. 감히 아녀자가 주제넘게 바깥일에 나서질 않나, 양반 가문에 먹칠을 하는 언문을 동생에게 주어, 농사꾼 아이들을 가르치라 하지 않나. 큰아버님, 집안의 법도를 어지럽히는 이런 일을 용서하시면 안 됩니다. 저희 아버님이 뭐라고 하시겠습니까?"

"오늘은 그만 공부하자꾸나. 공침이 이야기는 충분히 들었으니 내가 잘 타이르마."

설충란은 아이들을 돌려보내고, 공찬과 초희를 따로 사

랑채로 불렀다.

"초희야, 일찍이 네 글솜씨를 모르는 바 아니지만 공찬에게까지 영향을 주어서야 되겠느냐? 이 나라는 우리 임금이 있지만, 중국 황제에게 예를 다하고, 그 연호를 쓰고 있지 않느냐. 양반 사대부 자제들은 필히 중국의 사서삼경을 배워야 하고, 한문으로 과거 시험도 봐야 하는데…….'

설공찬은 더는 듣고 있을 수 없었다. 중간에 아버지의 말을 끊고 나왔다.

"아버님. 제가 감히 이런 말씀을 드리면 송구하오나, 왜 누님을 탓하시듯 말씀하시나요? 제가 한문 공부를 소홀히 했나요? 누님과 저는 오히려 한문으로도 많은 글을 쓰고 있습니다. 단지 누님은 한문을 배우지 못하는 마을 아이들에게 우리 임금이 지으신 훈민정음을 배워서 세상 이치를 깨달았으면 하는 바람이었습니다. 그것이 잘못된 일입니까?"

"공찬아, 아버님께 왜 이렇게 무례하니? 아버님, 모든 게 제 잘못입니다. 제가 아녀자의 도리를 지키지 못했습니다. 시집갈 준비를 하면서 조신스럽게 지내야 하는데 제가 방정맞은 짓을 했습니다."

초희는 댕기 머리가 바닥에 떨어지도록 깊이 고개를 숙였다. 공찬은 옆에서 입술을 꽉 깨물며 분을 참았다.

"공찬아, 오해는 말고 들어라. 너는 이 집안의 대들보니라. 장원급제해서 이 집안의 명예를 드높여야 할 사내가 아니냐. 유교의 도를 따르는 이 나라에서 남녀가 유별하고 각기 소임이 있는 것이야. 내가 너희들을 차별하는 것이 아니라 도리를 따르라는 것이야."

설충란은 공찬의 표정을 살폈다. 더는 말로 타이르는 게 쉽지 않아 보였다. 자리를 박차고 일어났다. 설공찬은 아버지가 방을 나갈 때까지 고개를 돌리고 있었다.

공찬은 자신의 방으로 돌아와 아랫목에 웅크리고 앉았다. 마음에서는 소용돌이치듯 미움이 솟아났다. 아버지는 유교의 도리를 따지고, 마을 사람들에게 곳간의 곡식을 풀어 선행을 했다. 그런데도 초희 누나와 자신이 한 일에 대해서는 마음껏 응원해주지 않았다. 그저 체면…… 체면…… 양반 체면…… 그깟 양반 체면이 그렇게 중요한 건가 싶었다. 정자에서 공부할 때, 사촌 공침이 양반이면 떵떵거리며 사는데 뭔 공부냐고 건방진 이야기를 하는데도 아버지는 호되게 야단 한번 치지 않았다. 설공침이 누나가 쓴 들소리 한지를 뺏어 일러바쳤을 때도 아버지라면 그건 못된 행동이라고 혼낼 줄 알았다. 공침이 녀석이 미운 건 두말할 필요도 없지만 아버지는, 아버지는…….

그에게 아버지가 하는 행동은 그저…… 스스로 편안함과 위로를 얻기 위한 모습으로 비칠 뿐이었다.

공찬과 초희

어느새 듬직하게 자란

초희는 설 씨 부인의 『권선문』 마지막을 눈여겨봤다.
중국 성화 황제의 연호를 쓰며 끝을 맺었다.
그녀는 고개를 살랑살랑 저었다.

초희는 자신의 방으로 돌아와 수를 놓았다. 좀처럼 마음
이 가라앉지 않았다. 믿었던 아버지마저 그녀의 뜻을 몰라
준다는 생각에 눈물이 났다. 아녀자로 태어나서 이 땅에서
자신이 과연 무엇을 할 수 있을까, 하며 한스러운 마음이
들었다.

그녀는 꽃무늬 자개로 장식된 손탯그릇장식함을 열었다.
그 안에는 어머니가 남긴 유품이 들어 있었다. 그녀는 마음
을 달래려 가끔씩 유품을 꺼내봤다. 봉황이 새겨진 은장도
와 옥비녀, 그리고 어머니가 아꼈던 서책일기책이 담겨져 있
었다. 서책에는 어머니가 하루하루 살아가는 이야기를 쓴

글들이 한문 가사체로, 때로는 우리 나라말로 쓰여 있었다. 초희는 어머니의 글을 읽으며 '아! 어머니도 아미산에 걸친 저녁노을을 바라보며 하염없이 시름에 젖었구나, 마암 들판에 부는 찬바람에 친정 생각이 많이 들었구나, 백정 정자에 내리고 쌓이는 흰 눈을 보며 백발이 성성하도록 백년가약 맺은 낭군과 마음 편히 살았으면 했구나.' 싶었다.

서책 사이에는 신말주 대감의 정부인인 설 씨 부인에게 받은 『권선문勸善文』이 끼워져 있었다.

초희는 어머니에게 글을 배우던 어린 시절을 떠올렸다. 어머니는 순창 관아 근처 남산대에 사는 신말주 대감의 정부인인 설 씨 부인을 늘 존경하며 살았다. 설 씨 부인에게서 받은 『권선문』을 소중하게 생각했다. 어머니는 설 씨 부인의 글씨체를 따라 하며 『권선문』 내용을 서책에다 몇 번 옮겨 쓸 정도로 좋아했다. 초희에게도 그 글을 따라 써보게 했다.

초희는 한지를 펼치고 먹을 갈았다. 그녀도 『권선문』을 따라 쓰면서 설 씨 부인의 글을 좋아하게 되었다. 왠지 이 글을 쓰고 있으면 어머니의 왕생극락을 빌고, 극락세계에서 어머니가 편히 쉬실 것 같았다.

　"**女類之死難今作勸**여류지사난금작권, 여자로서는 어려운 일이었기에

『권선문』을 지어⋯⋯"

　별안간 공찬이 누나의 방에 불쑥 들어왔다. 아직도 분이
풀리지 않는지 덥석 주저앉으며 방바닥을 주먹으로 내리
쳤다.

　"누나는 억울하지도 않아? 뭘 잘못했다고 머리를 숙여.
공침이 녀석이 아버님에게 고자질만 안 했어도⋯⋯ 그 녀
석은 내가 하는 일은 뭐가 못마땅한지 사사건건 시비야."

　"공찬아, 누나도 사촌 동생들에게 조롱당하는 거 마음이
편치 않아. 너까지 아버님에게 대들어서 내 마음을 불편하
게 만들면 어떻게 하니!"

　"아버지도 마찬가지야. 진정 누나와 나를 위하는지 모르
겠어. 왜 우리 편은 들어주지 않는 거야!"

　공찬은 거칠게 숨을 쉬었다. 초희는 그런 공찬을 가만히
지켜봤다. 공찬은 누나가 아무 말도 없이 지켜보자 겸연쩍
은 느낌이 들었다.

　"또, 그『권선문』인가 쓰고 있는 거야? 그러면 마음이 더

나아져?"

"그래…… 더 나아진다. 어쩔래? 너도 방바닥이나 내리치면서 괜한 데 힘쓰지 말고 글공부나 해!"

초희는 한지에 글을 쓰다 힘이 들어갔는지 획이 빗나갔다. 글씨체가 엉망이 되었다. 공찬은 붓을 들고 있는 누나의 손을 잡았다. 떨리는 그녀의 손길을 느꼈다. 억울한 누나의 마음이 잠시나마 느껴졌다.

"누나, 그러지 말고 내일 어머니 위패를 모신 광덕산 부도암강천사의 옛 이름이나 가볼래? 절에는 그림까지 그려진 『권선문』을 보관하고 있다며……. 산수도 보고 마음도 달랠 겸 개천에서 좀 놀기도 하고."

초희는 금세 마음이 바뀌었는지 희희낙락하며 동생에게 꿀밤을 한 대 주었다.

초희와 공찬은 아침 일찍 아버지에게 문안 인사를 드렸다. 집안일을 보는 아랫사람 둘을 데리고 집을 나섰다. 설충란도 어제 일로 미안한 마음이 들어 두 자녀를 마음 편히 보내주었다.

초희는 동생 공찬과 나란히 들판 길을 걸었다. 그녀는 일곱 살 때, 어머니 손을 잡고 광덕산 부도암을 찾아갔던 때가 새삼 떠올랐다.

그때 어머니는 몸이 점점 허약해져 보약을 달여 먹고 있었다. 어머니는 왕실의 자손이었지만 가끔 불공을 드리러 절에 갔다. 예전에 설 씨 부인이『권선문』을 써서 광덕산 부도암을 새로 증축할 때도, 어머니는 여러 부인들과 함께 시주를 도왔다고 했다. 그런 연유인지 '약비'라는 부도암 살림을 돕는 보살이 집에도 가끔 들락거렸다. 부처님 말씀이 담긴『반야심경』서책을 주고 갔다.

초희는 동생 공찬에게 광덕산 부도암을 찾아가면서 어머니와 나누었던 이런저런 이야기를 들려주었다.

"어머니가 시집왔을 때, 설 씨 부인은 집안의 큰 어른이셨대. 어머니가 찾아뵙고 문안 인사를 드렸는데, 그때가 마침 광덕산 부도암을 새롭게 고치자는 이야기가 나오고 있었대. 어머니는 유교의 도를 따르는 왕실의 자손인데 불교 이야기는 조금 부담스러웠나 봐."

초희는 그때 일이 자연스레 떠올랐다. 어머니의 손을 잡고 길을 따라 걸으며 내심 걱정을 했었다. 어머니는 말을 하다 가끔씩 기침을 했다.

"신말주 대감 댁에 설 씨 부인과 어머니와 같은 집안 젊은 부인들이 여러 명 모였대. 설 씨 부인이 『권선문』을 쓰고 있는 걸 보여줬었지. 글씨체가 어머니가 흠모하는 송설체라 더 마음이 갔다고 하더구나. 그 자리에서 설 씨 부인이 꿈 이야기를 하나 들려주었대. 며칠 전 밤, 꿈에 어머니 형 씨가 하관(霞冠)을 쓰고 운거를 타고 허공에서 내려와서는 '내일 어떤 사람이 와서 선한 일을 함께 하자고 청할 것이니 모름지기 마음으로 즐겁게 따르고 게을리하지 말라. 이것이 너에게 복을 짓는 원인이 되리라.' 하고 말했대."

"누나, 정말 죽은 사람이 나타나서 그런 말을 해?"

"글쎄, 어머니도 의심이 들었대. 좋은 일 하자고 지어낸 말이 아닐까 해서……."

초희는 동생 공찬을 슬쩍 바라봤다. 언제 이렇게 의젓하게 자라서 이런 대화를 나눌 정도로 컸나 싶었다.

"그런 꿈 이야기가 뭐가 중요하다고 아픈 몸을 이끌고 절을 찾아가는지…… 나도 어머니 걱정만 했어. 어머니는 설 씨 부인에게 유교의 도리를 따르는 사대부 집안 부인들이 나라에서 권하지 않는 불교를 위해 이런 시주 모임을 가지는 것이 좋게 보일지, 어떨지 모르겠다고 했대……. 조금 당돌하게 말이야."

초희는 공찬을 보며 픽, 웃었다. 공찬도 슬쩍 미소를 지었다. 그는 어머니 말이 틀리지 않았다는 생각이 들었다.

"나도 어머니와 생각이 같은데……. 사람은 죽어서 귀신이 되는데, 귀신이란 음양이 행하는 것으로 '귀'란 음의 기운이고, '신'이란 양의 기운으로 죽어서 인과응보를 받는 인격체가 아니잖아. 유교의 가르침이기도 하고."

공찬은 허황된 꿈 이야기보다도 현실적인 유교의 가르침을 더 따르고 싶었다.

"그렇긴 해도 어머니가 집안 어른인 설 씨 부인에게 대들었다니……. 대단한데, 혹시 나도 그런 기질이 있는 건 아닐까? 하하하."

설공찬과 초희는 박장대소하며 같이 웃었다.

"어머니가 불편한 기색을 드러내니까, 설 씨 부인이 몇 가지 전해오는 이야기를 들려주었대."

공찬은 초희 누나의 이야기를 가만히 들었다. 누나와 이런 이야기를 나누며 걷는 게 너무 좋았다. 누나의 목소리는 어머니 품보다 더 따뜻하고 위로를 주었다. 어쩌면 그 이상인지도……

"예전에 최시중이라는 사람이 있었는데 집 근처에 절이 있어서 매번 관청을 오갈 때는 절 앞에서 배례를 하고, 과일이나 곡물을 가져다 바쳤대. 그런 일을 오랫동안 했대. 하루는 홀연히 꿈에 부처님이 나타나서 '네가 나를 섬기는 것이 근실하나, 남리응양부에 사는 늙은 병사의 심신을 따를 수 없다.'는 거야. 그는 꿈이 하도 궁금하여 그 노병을 찾아가 보았대. 대체 무슨 특별한 치성을 드리는가 싶어서……. 그 노병이 대답하기를 '중풍으로 일어나지 못한 지가 7년이라, 다만 새벽과 저녁에 이웃 절의 종소리가 들리면 그쪽을 향하여 합장을 하였을 뿐이다.'라고 말했대. 최시중은 그 노병에게 매양 녹봉을 받을 때마다, 1곡의 쌀을 떼어주었대."

"부처님이 보답을 해줘? 그럼 누구나 다 믿겠는데. 다 포교할 때는 좋은 말만 하는 거 아니야?"

공찬은 터무니없는 말이라 생각했다. 초희는 별 대답 없이 미소를 지은 채 앞만 보고 걸었다.

"어머니도 부처님에게 치성을 드려 그 은혜로 아픈 몸이 낫기를 바랐을까? 부처님을 믿지도 않으면서……."

공찬은 혼잣말을 했다. 믿지도 않는 부처에게 치성을 드린다는 게 앞뒤가 맞지 않다고 생각했다.

"어머니는 그런 말씀은 하지 않았어. 다만 절에 가서 너와 나의 안녕을 빌었어. 약한 몸도 부모가 주신 것이라 자신이 더 소중히 여겨야 하는데 그렇지 못한 탓도 있다며…… 우리를 잘 돌봐주지 못해 미안하다며 눈물을 보였었지."

초희는 공찬의 손을 꼭 잡으며 약간은 씁쓸한 미소를 지었다.

광덕산 부도암을 오르는 산길에 거라시 굴이 있었다. 구걸하는 걸인들이 굴 앞에 자리를 깔았다. 절에 공양하러 가는 신도들에게 동냥을 받아 끼니를 이어가고 있었다. 초희는 보따리에 넣어 온 엽전 몇 개를 걸인들에게 골고루 나눠주었다. 공찬은 누나를 보니 괜히 부끄러운 마음이 들었다. 그는 점심을 먹으려고 넣어왔던 밥을 그들에게 나눠주었다. 둘은 광덕산 부도암 근처 냇가에서 발을 담그고 쉬어갔다. 배에서 꼬르륵 소리가 났다. 그 소리를 듣자 둘은 깔깔거리며 웃었다.

공찬과 초희는 부도암에 닿자 삼신각에 들러 큰절을 올리고, 어머니의 위패 앞에서 명복을 빌었다. 아버지는 어머니의 위패를 절에 모신 것을 달가워하지 않았다. 자식들이 유교에서 배척하는 절을 쓸데없이 들락거릴 거라 생각했다. 초희는 그런 아버지의 마음을 알기에 마음 편히 들르지도 못했다.

'어머니, 미안해요. 자주 들러 왕생극락을 빌어드려야 하는데⋯⋯.'

그녀는 위패를 만지며 잠시 시름에 잠겼다. 공찬이 누나의 손을 끌며 법당 밖으로 데리고 나왔다. 설 씨 남매 앞에 부도암 주지승이 나타났다. 주지승은 두 손을 합장하고 고개를 숙였다. 초희는 절에서 보관하고 있는 『권선문』을 한번 봤으면 하고 말했다. 어머니가 이 절을 증축할 때 시주를 많이 했다는 말을 귀띔하면서 말이다. 초희는 주지승이 가져온 『권선문』을 펼쳐서 동생에게 보여주었다. 공찬도 한문 글씨체에 반했다. 미리 완성될 부도암을 상상하며 그린 그림도 일품이었다.

'老兵合掌之誠노병합장지성……'

"노병의 합장한 치성은 일생의 생계에 도움을 받은 응보가 되었음을 본다면 나의 말이 헛된 무언이 아니라는 것을 알게 되리라는 뜻에서 감히 이를 증언으로 한다."

초희는 『권선문』의 마지막 부분을 나지막이 읽었다.

"成化 18年 七月 貞夫人 薛."

"성화 황제 18년(1482년)중국 황제 연호. 조선은 성종 13년. 7월 정부인 설."

그녀는 『권선문』 마지막을 눈여겨봤다. 중국 성화 황제의 연호를 쓰며 끝을 맺었다. 그녀는 고개를 살랑살랑 저었다.

"이 글을 우리 임금님이 지은 훈민정음으로 썼다면 더 많은 사람들이 시주했을 텐데……."

공찬은 누나가 한탄하며 하는 말을 귀담아들었다. 그는 그저 한문 글씨체에 감탄을 했는데, 누나는 더 많은 생각을 가졌구나 싶었다.

초희는 절에서 나오기 전에 주지승에게 합장을 했다. '나무아미타불 관세음보살'을 되뇌며 고맙다는 뜻을 전했다. 그때 부도암에 오르는 길목인 거라시 굴에서 보았던 늙은 걸인 하나가 절로 들어왔다. 그는 주지승에게 합장을 하고 부처님께 시주하려고 들렀다고 했다. 초희 누나가 준 돈을 보여주었다.

"그 돈은 저잣거리에 가서 끼니라도 하라고 누님이 준 엽전인데……."

공찬이 못마땅한 듯 말했다.

"도련님, 제가 살면 얼마나 살겠습니까. 전생에 얼마나 큰 죄를 지었으면 이 세상에서 이렇게 걸인으로 지내겠습니까. 부처님께 시주하고 조금이라도 그 죄를 갚아야지요."

걸인은 공찬과 초희에게도 합장을 하고 불당으로 들어갔다.

"저 늙은 걸인은 자신에게 들어온 엽전을 아낌없이 바친답니다. 이생에 무슨 낙이 있겠냐면서……. 부처님의 은덕으로 부디 왕생극락하기를……."

초희는 걸인이 들어간 불당을 보면서 주지승과 함께 고개를 숙이며 합장을 했다.

"가난하다고 다 걸인이 아니지요. 저 늙은 걸인처럼 선과 진리를 알고 싶어 이번 생에서 걸인이 된 사람도 있지요. 『권선문』에 쓰인 늙은 병사의 말처럼 중풍으로 누워서 단지 이웃 절을 향해 아침저녁으로 합장을 했는데, 부처님이 매양 큰 시주를 하는 사람보다 그 공덕을 더 크게 본다고 하지 않습니까."

초희는 주지승의 말을 들으며 눈시울이 붉어졌다.

주지승은 점잖은 미소를 지었다.

"저 늙은 걸인은 자기가 가진 전부를 드리는 것이지요. 불법에 귀의하려고 진정으로 바치는 것이지요. 부처님은 그 마음을 보시지 않겠습니까."

"어쩌면 그 갈망 때문에 굶주린 자로 보이는지도 모르겠네요."

초희는 주지승의 말에 불심이 느껴져 그녀도 모르게 말이 나왔다.

"허허허, 초희 낭자께서 벌써 불법을 터득하셨군요. 색즉

시공공즉시색色即是空空即是色이라……. 부처님도 눈에 보이는
것이 다가 아니라고 하셨지요."

공찬은 두 사람의 대화를 듣다가 끼어들었다. 초희 누나
도 『권선문』을 하나 지어 불법에 귀의하는 사람들을 도와야
겠다며 괜히 너스레를 떨었다.

저녁 무렵, 아미산 중턱을 넘어와 공찬과 초희는 집으로
돌아가고 있었다. 초희는 들판을 지나다 노송 한 그루가 하
늘을 향해 우뚝 솟은 언덕에서 걸음을 멈추었다. 이제 한
고개만 넘으면 집이 있는 마암 마을 들녘이 보일 터였다.
나무 아래에 반석이 놓여 있었다. 그녀는 반석에 기대어 걸
어온 길을 돌아보았다.

저 멀리 아미산에 깔리는 저녁노을이 검붉은 기운을 뻗쳐
왔다. 왠지 광덕산 부도암에 위패로 모신 어머니의 마음이
따라온 것 같았다.

해는 아미산 동쪽 끝자락에 반쯤 걸쳐 기울고 있었다. 봉
우리 사이로 빠져나오는 구름은 바람의 물결을 타고 시시
각각 변했다. 물고기 비늘을 펼쳐놓다가 고래 모양으로 뭉

쳤다. 마치 고래 등에서 물을 뿜어내듯 구름이 휘말려 산을 타고 올라갔다. 구름 빛깔도 담홍색이었다가 다시 적색이 되었다. 마을에서는 밥 짓는 연기가 피어올랐다.

초희는 아버지에게 저녁 안부를 드리려면 걸음을 재촉해야 하는데 하면서도 쉽사리 발걸음이 떨어지지 않았다. 숲속에서 암컷 비둘기가 날아오르자 수컷 비둘기가 꽁무니를 뒤따라 날아올랐다. 들판 위를 이리저리 휘저으며 날아다녔다. 그때 화답하듯 숲속에서 풀피리 소리가 들렸다. 끊어지려다가도 끊어지지 않고, 호소하듯 애달픈데 호소하는 소리도 아니었다. 그 소리는 아미타불하며 공양을 드리는 목탁 소리처럼 무심한 듯 들려왔다. 하지만 피리를 부는 아이의 마음이야 어찌 알겠는가.

바람이 초희의 저고리 자락을 휘날렸다. 푸른 물결 같은 수많은 이랑의 밭이 바람을 맞아 용솟음쳤다. 초희의 마음에 농부들의 들소리가 들리는 듯 자자하게 울려 퍼졌다. 시를 짓고 싶은 마음이 절로 생겨났다.

"공찬아, 중국 당나라 때 주선酒仙으로 불린 이백께서 '촉국에는 선산이 많지만 아미산의 아름다움에 비할 바가 아

119

니다.'라고 하지 않았느냐. 그 이름을 따온 순창 아미산도 산세가 가늘고 길게 굽어진 것이 미인의 눈썹을 닮았구나."

공찬은 누나의 말을 들으며 아미산을 쭉 훑어봤다. 누나의 감성에는 미치지 못하는지 그저 평범해 보일 뿐이었다.

"중국 아미산에는 사면십방보현보살四面十方寶賢菩薩, 열 개의 얼굴을 가지고 사방을 살피는 보현보살이 코끼리와 연꽃 장식의 좌대 위에 앉아서 세상 사람들에게 부처님의 화엄경을 깨우치게 한다고 들었다."

공찬은 누나의 얼굴을 살폈다. 누나는 아미산 쪽으로 눈을 맞추고는 있지만 전혀 딴 세계를 보고 있는 듯했다.

"나도 그 아미산에서 보현보살의 설법을 들어봤으면 좋겠구나……. 나는 아녀자로서 집 안을 못 벗어나고 그저 눈앞의 아미산을 보면서 만족하고 살아야겠지."

공찬은 누나가 무슨 말을 하고 싶은 것인지, 대체 보현보살을 찾는 이유가 궁금했다. 혹시 부처를 마음에 두고 있는 건 아닌지 은근히 걱정이 되었다.

"누나, 슬픈 이야기는 그만해. 내가 장원급제하면 누나를 업고 사방팔방으로 다닐 테니까. 그래, 내가 사신이 되면 중국의 아미산도 같이 가. 사내대장부가 어디를 못 데리고 다니겠어."

초희는 미소를 지으며 공찬을 지그시 바라봤다. 정말 공찬이 이젠 늠름하고 의젓해 보였다.

"그래, 고맙다."

초희는 공찬의 볼을 살짝 꼬집어주었다.

"너만 한 낭군이라도 만난다면 천만다행이련만……."

그녀는 긴 숨을 내쉬며 집으로 발걸음을 옮겼다.

초희는 늦은 밤, 호롱불을 밝혀놓고 한지를 바르게 폈다. 벼루에 먹물을 갈았다. 붓에 먹물을 찍어 글을 써내려갔다.

아미사계峨眉四季

峨眉山아미산은 艮方간방 있는 마암 마을 主山중심 산이라
봄 문턱에 山川草木산천초목 生氣생기 피워 올리는데
아미산에 저녁노을 붉게 피고 엉기는 게
미리 보는 봄꽃 같아 아스라이 손길 펴네

아미산의 산그림자 내려와서 잠긴 연못

여름 밤비 밤새 내려 호소하듯 애끓는데

연못가에 落落長松^{낙락장송} 無心^{무심}한 듯 홀로 서서

阿彌陀佛^{아미타불} 목탁 소리 끊어질 듯 들리누나

아미 들녘 가을바람 치맛자락 휘저으며

푸른 물결 넘실대듯 밭이랑에 출렁이네

농부들의 들소리가 마음에도 울려 퍼져

豊年^{풍년}일세 豊年이라 한시름을 덜어내네.

겨울 저녁 눈 내리는 아미산에 갈까마귀

눈꽃송이 털어내며 어지러이 날아가네

날갯짓에 흰 꽃 폈다 검은 꽃도 폈다 하네

西方世界^{서방세계} 부처따라 이내 몸도 피고 지고

아미산의 봄 저녁노을, 아미산에 잠긴 연못에 하염없이
내리는 여름비, 아미들녘에 부는 가을바람, 겨울 저녁 아미
산에 내리는 눈이 한 해 두 해, 초희의 눈앞에서 주마등처

럼 스쳐갔다. 또 그렇게 맞이할 덧없는 세월의 무게감이 그녀를 짓눌러왔다. 그녀는 광덕산 부도암 주지승 앞에서 두 손을 합장하고 '나무아미타불 관세음보살'을 되뇌었던 것처럼 불법에 귀의하고 싶어졌다.

그녀는 글 마지막에 중국 임금의 연호로 날짜를 쓰려다 붓을 멈추었다. 그만 붓을 꺾어버리고 말았다. 세종 임금이 베푼 한글을 쓰면서 차마 중국 연호를 쓸 수는 없었다.

공찬과 초희

한 푼의 인연

> "이게 음식으로 보이는 건 여기서 너밖에 없을 거야.
> 너도 이승으로 환생하면 공양을 많이 해야겠구나.
> 그저 한두 푼의 마음을 쌓아서 말이다."

1508년 무진년중종 3년 초가을. 며칠 뒤 공찬은 다시 공침의 몸에 들어갔다. 설원과 윤자신이 전갈을 받고 설충수의 집에 들렀다.

설공찬의 혼령이 공침의 몸을 들락날락하는 사이, 설공침은 날로 야위어갔다. 정신이 혼미하다 보니 몸을 제대로 못 가눌 정도였다. 그래도 설공찬의 혼령이 공침의 몸에 들어오면 바로 앉기는 하였다.

"공침이가 요즘 제대로 밥을 못 먹는 것 같은데 요기라도 하게 주전부리라도 가져와."

"그렇지 않아도 네가 공침이 몸에 들어오면 마구 먹을 것

124

같아서 주전부리를 가져왔어. 정말 공침의 몰골이 아니야."

윤자신이 뒤에 숨겨놓은 주전부리를 꺼냈다. 엿과 고구마와 고기 말린 것을 내놓았다.

"그래 줘봐. 마음껏 먹을게. 나는 음식의 향기만 맡으면 되지만 산 사람은 뭐라도 먹어야지. 음식을 보니까 내가 저승에서 겪은 일이 생각나네. 그 이야기 하나 들려줄까."

설공찬의 혼령은 공침의 입으로 주전부리를 먹으며 이야기를 이어갔다.

"하루는 명부전에서 초희 누나와 이야기를 나누는데 우리를 초대하고 싶다는 전갈이 왔어."

초희와 공찬은 전갈을 받고 초대한 이가 누구인지 궁금했다. 천마가 끄는 마차에 올라타자마자, 금세 하늘 공간을 뛰어넘어 다른 천상으로 날아갔다.

구름이 걷히자, 나타난 그 세계는 어쩌면 이승의 세계와 별반 다르지 않았다. 초가집부터 기와집까지 다양한 집들로 마을을 이루고 있었다.

공찬과 초희는 저승차사의 인도를 받아 초대했다는 집을

찾아갔다. 마을 한가운데 정말 대궐 같은 기와집이 있었다. 반짝반짝 빛나는 것이 금으로 기와 단청을 한 것 같았다. 솟을대문을 들어서는데 집주인이 마당에 나와서 그들을 맞이했다.

"저희들과 무슨 인연이 있어서 이렇게 초대를 해주시고, 감사드립니다."

공찬은 공손하게 머리를 숙이며 인사했다.

"뭔 말씀을……. 어서어서 고개를 드시지요. 제가 이렇게 귀한 분들을 모시게 되어 영광이지요."

금빛 양반 모자를 쓰고 자색 옷을 입은 노인은 극구 인사를 사양하며 공찬에게 고개를 들라고 했다. 그는 공찬과 초희를 번갈아 보며 말했다.

"제가 누군지 기억을 못하시겠습니까. 바로 그 부도암에 시주했던 늙은 걸인입니다."

공찬과 초희는 서로를 바라보며 그저 놀란 토끼눈을 했다. 그는 설 남매를 데리고 다니며 넓은 기와집을 보여주었다. 솟을대문 몇 개를 넘나들며 이곳저곳을 다녔다. 큰 곳간이 있었는데 그 앞에서 노인은 놀라지 말라며 문을 열었다. 금은보화가 산더미처럼 곳간 안에 쌓여 있었다. 곡식이 쌓여 있는 것도 아니고…….

공찬은 곳간을 보고는 깜짝 놀라서 입을 다물지 못했다. 그런데 초희는 전혀 놀랍지 않은 듯 빙그레 웃기만 했다.

"이승에서 선과 진리를 구하시더니 정말 많이 쌓아놓으셨군요."

초희는 광에 들어 있는 금은보화는 안 보고, 공찬과는 전혀 다른 걸 보고 있었다.

"걸인 생활을 하면서 한두 푼 얻으면 절에 가서 시주하고, 귀동냥으로 부처님 말씀을 많이 들었지요. 정말 간절하게 기도했습지요. 빌어먹는 걸인이라도 부디 저버리지 마시라고……. 그렇게 부처님의 선과 지혜를 구하는 마음이 이렇게 쌓여 있지요."

공찬은 초희 누나와 노인이 무슨 대화를 나누는지 도통 감을 잡을 수 없었다.

"제가 두 분을 위해서 잔칫상을 마련했습니다. 여기 마을에 사는 영인靈人들도 다 불렀으니 같이 드시지요."

노인은 둘을 데리고 솟을대문을 몇 개 지나서 안채에 닿

앉다. 넓은 마당에는 벌써 잔칫상이 차려져 있었다. 마을 영인들이 자리에서 일어나 머리를 숙이며 그들을 맞아주었다. 집주인은 공찬과 초희를 잔칫상 앞에 세우고는 큰 소리로 말했다.

"이 두 분은 내가 굶주릴 때 그냥 지나치지 않고 작은 엽전을 주었습니다. 나는 그 엽전으로 저잣거리에서 끼니를 때우는 대신 부처님 전에 가져다 바쳤지요. 저승에 와서 보니 그건 단순한 엽전이 아니고, 그냥 드리는 공양이 아니었습니다. 그 선과 진리를 갈구하는 마음이 이 하늘나라에 쌓이고 있었던 거예요. 그 간절한 마음이 말입니다. 영인 여러분, 이 기쁜 날 두 분을 위해서 곳간에 있는 재물을 내놓았으니 같이 드시고 맘껏 즐깁시다."

집주인은 불로주를 돌리며 상다리가 부러지도록 차린 음식을 들도록 했다.

공찬은 허기진 듯 허겁지겁 음식을 먹었다. 그런데 영인들은 모두 왼손으로 수저를 들고 음식을 먹었다. 왼손으로 반찬을 들어서 서로의 입에 넣어주기도 했다. 그러면서 서로가 '공양을 받으시지요.' 하는 것이었다. 자세히 보니 그들은 서로 입은 옷도 조금씩 달랐다.

자색 옷을 입은 영인들이 잔칫상의 왼편에 앉았다면 흰색 옷을 입은 영인들은 상의 오른편에 앉았다. 그리고 더 자주 '공양을 받으시죠' 하며 음식을 건네는 쪽은 자색 옷을 입은 왼편의 영인들이었다. 공찬의 눈에는 모든 게 생소하게 보였다. 초희 누나는 전혀 음식을 먹지 않았다. 그냥 상냥한 미소만 짓고 있었다.

"아마 이게 이승 음식으로 보이는 건 여기서 너밖에 없을 거야. 너도 이승으로 환생하면 공양을 많이 해야겠구나. 그저 한두 푼의 마음을 쌓아서 말이다."

초희는 왼손으로 반찬을 집어 공찬의 입에 넣어주었다. 공찬은 반찬을 받아먹으면서도 누나가 무슨 말을 하는 거야, 하는 생각이 들었다. 차린 음식이 너무 기름져 배가 불러왔다.

공찬의 혼령이 공침의 입을 빌려 말했다.

"이승에서 천한 걸인으로 살았다고 해도 적선을 많이 한 사람은 저승에서 높은 신분으로 살아. 너희들도 걸인이라고 천하게 보지 말고, 적선하도록 해. 나처럼 대접받을지 모르잖아."

공침은 주전부리를 주워 먹으며 껄껄 웃었다. 물론 그 웃음은 공찬의 마음이 나타난 웃음이었다.

제4장

설충란 긴 한숨에 파묻힌
설공찬 빛과 어둠의 저승 세계

설충란

긴 한숨에 파묻힌

"그렇게 한 세월을 견디어야 하는 것입니까?
이제 자식이 과거 시험을 볼 나이도 되었는데……."

1498년 무오년^{연산군 4년} 늦가을. 순창 마암의 백정 정자 뒤편으로 단풍이 물들어갔다. 설충란이 한양에 급한 볼일을 보러 떠난 지 두 달째가 다 되었다. 설공찬은 아버지가 행장도 제대로 챙기지 않고 급하게 집을 나섰을 때, 무슨 영문인지 물어보지도 못했다.

이제 훈장인 설충란이 돌아올 때가 되었지만, 정자에 모인 설공찬과 공침, 설윤과 윤자신은 마냥 기다리기가 무료했다. 승경도^{陞卿圖, 높은 관직까지 올라가는 벼슬놀이} 놀이판을 펼쳤다. 길쭉하고 네모난 한지에 3백 여 개의 네모 칸을 만들어 그 안에다 벼슬 이름을 써 넣었다. 문과로서 최고 벼슬인 영의정과 무과의 최고 벼슬인 도원수까지 올라가면 이기는 놀이였다. 종이 위에서 놀다 보면 가끔씩 찢어지기도 해 공찬은 다시 한지에 그려넣곤 했다. 조선의 벼슬 이름은 웬만큼은 외어졌다. 종이 바깥 네 면에는 낮은 직책이 있고, 그 직책에서 놀이를 하다 보면 안쪽의 높은 직책까지 올라갔다.

공찬은 길쭉한 오각형의 윤목輪木을 먼저 던졌다. 각 면에는 일부터 오까지 한문으로 숫자가 써져 있다. 공찬은 숫자 오伍, 다섯이 나왔다. 문과文科 출신으로 놀이를 시작한다. 윤자신은 사肆, 넷이 나왔다. 무과 출신이었다. 설윤은 일壹, 하나가 나와 군졸 출신에서 시작했다. 설윤은 던졌다 하면 밑의 숫자가 나온다며 맨날 군졸 출신이냐고 도원수 되기는 글렀다고 투덜댔다. 공침도 윤목을 던졌는데 이貳, 둘이 나와 남행南行 출신이 되었다. 남행은 진사나 생원으로 과거에 붙지 못해 조상의 공덕을 빌려 벼슬을 얻는다.

"돈으로 벼슬을 사면 어떠냐! 양반 행세하면서 떵떵거리고 살면 되지. 돈으로 어디까지 벼슬을 살 수 있나 보자. 히히히."

각자 출신이 정해지자, 높은 숫자가 나오길 바라며 윤목

133

을 던졌다. 공찬은 정3품 외관직인 목사까지 먼저 도달했다. 윤목을 더 던져 나중에는 궁궐로 들어가 사간원까지 나아갔다. 설공침은 그때 목사까지 올라왔다. 사간원에 먼저 들어간 사람은 2, 3이 나오면 상대방을 지목해서 말을 움직이지 못하게 할 수 있다. 공찬이 설공침을 지목하면서 더는 목사 자리에서 나아가지 못하게 막아버렸다. 거기에다 공침은 몇 번 낮은 숫자가 연속해서 나와 끝내 파직罷職, 벼슬에서 쫓겨남을 당했다.

"공찬이! 다른 애들을 지목해도 되잖아. 내가 파직당하니까 꼴 좋냐?"

"사간원이 원래 임금님에게 입바른 소리 하는 곳이야. 돈으로 벼슬을 사면 잘될 줄 알아?"

"그래, 입바른 소리 하는 놈치고 제명에 사는 놈이 있는지 어디 보자. 아버지가 그러는데 이번에 궁궐에서 큰 변이 일어났대. 입바른 소리 한다고 임금 앞에서 까불다가 사간원, 사헌부 대감들 다 목이 날아갔다더라. 너도 그 짝 나고 싶냐?"

설공침은 윤목을 잡고는 정자 밖 나무숲으로 멀리 던져버렸다. 씩씩거리며 공찬을 밀치더니 넘어뜨렸다. 설공침은 정자를 내려가서는 집으로 돌아가버렸다. 공찬도 화가 잔뜩 났다. 공침이하고는 계속 앙금만 쌓이는 것 같았다. 전에 누이가 쓴 들소리를 아버지에게 일러바친 일도 있고 해서 좀처럼 화가 풀리지 않았다.

다음 날, 설충란은 한양에서 돌아와 행장을 풀었다. 순창에서 한양까지 두 달 가까이 걸려 다녀온 터라 피로가 쌓였다. 저녁에 동생 충수가 찾아오겠다는 기별이 왔다. 낮잠을 잔 뒤에, 그는 피곤한 몸을 추스르며 백정 정자에서 동생을 기다렸다.

이제, 완연한 늦가을 날씨였다. 저녁이라 기온이 떨어져서인지 바람이 제법 쌀쌀했다. 설충란은 정자 기둥에 기대어 밤하늘을 올려다봤다. 저 멀리 북두칠성이 보였다.

한양으로 떠나기 전, 그날도 저녁 무렵 북두칠성이 유난히도 밝게 빛났다. 신말주 대감의 '귀래정歸來亭'에서 여러 선비들과 만난 일을 떠올렸다. 순창읍에 사는 신말주 대감은 남산대 바로 뒷산에 '귀래정'이란 정자를 지어놓았다.

신말주 대감은 어린 단종 임금이 세조 임금에 의해 강제로 폐위된 이후로 벼슬을 버리고 여기 순창 처가댁으로 내려와 있었다. 신말주 대감의 형인 신숙주 대감이 세조 임금을 도와 조정에서 승승장구했던 것과는 대조되는 모습이었다. 설충란이 보기엔 신말주 대감은 그의 형 신숙주 대감과 정반대의 길을 걷고자 했는지도 모른다는 생각이 들었다. 설충란은 신말주 대감의 정부인인 설 씨 부인이 집안 큰 어른이라 가끔 문안하러 들르곤 했다.

설충란이 귀래정에 닿았을 때, 신말주 대감은 정자 난간에 서서 먼 하늘의 북두칠성을 바라보고 있었다. 정자에는 이미 여러 젊은 선비들이 앉아 있었다. 설충란은 그들과 목례로 인사를 나누었다. 신말주 대감은 인기척에 돌아서서는 설충란을 맞아주었다.

"다들 나라를 걱정하는 마음에 이 늙은이의 누추한 정자에 모여주었구려."

동파관을 쓴 신말주 대감은 곧 고희古稀, 칠십 세를 맞이했다. 나이가 있는데도 오히려 점잖은 위엄을 드러내 보였다.

흰 수염을 쓰다듬으며 주위를 둘러보았다.

"나라 걱정도 그렇지만 대감의 안위가 걱정스럽습니다."

"무덤에 있었어도 한참 더 지났을 늙은인데 뭐가 걱정스러운가. 하하하."

설충란은 신말주 대감의 웃음소리에 안도의 한숨이 나왔다. 젊은 선비들이 신말주 대감의 조언을 듣고자 모인 자리였다.

"이번 일로 김종직 대감이 쓴 「조의제문」을 빌미 삼아 임금에게 직언을 마다않던 사헌부, 사간원 사림 대감들을 전부 숙청하지 않았습니까. 「조의제문」이 단종의 폐위를 비판한 글이라고 하지 않습니까. 대감도 단종 임금의 폐위로 벼슬도 버리고 이곳에 낙향해 계신데 어찌 걱정스럽지 않겠습니까."

한 선비가 자못 진지한 표정으로 속에 있는 말을 거침없이 내뱉었다.

"조정에 간신배들이 득실대고 직언을 싫어하는 임금이 자리하고 있으니 어디 자식들에게 과거 시험을 보라 할 수 있겠습니까."

"낮말은 새가 듣고 밤말은 쥐가 듣는다고 하지 않소. 말을 삼가시오."

귀래정 정자 안에 모인 선비들은 말의 수위를 넘나들며 사뭇 감정이 격앙되고 있었다. 설충란은 지그시 눈을 감고 선비들의 말을 경청하는 신말주 대감을 바라봤다.

"나는 불사이군不事二君, 두 임금을 섬기지 않음의 마음으로 낙향해서 벼슬에는 큰 미련이 없었네. 단종 임금 폐위 때도 그 난리를 피우며 충신들이 목숨을 잃었는데, 또다시 이 문제가 불거져 많은 대신들이 목숨을 잃다니……."

주름이 가득한 신말주 대감의 얼굴에 심통한 표정이 나타났다. 그는 자리에서 일어나 귀래정 현판 밑에 섰다.

"자네들도 나라를 걱정하고 자제들의 앞날도 걱정될 터인데…… 이보게 충란, 자네가 한양을 한번 다녀오는 게 어떻겠나. 효령대군의 손자이신 평성군에게 안부도 전할 겸, 자네 장인어른이 아닌가."

"제가 한양의 동정을 한번 살펴보고 오겠습니다."

설충란은 신말주 대감을 우러러보았다. 그 뒤편으로 밤하늘에 북두칠성이 빛났다.

설충란은 그때 귀래정 정자에 모였던 일을 떠올리며 긴 숨을 내쉬었다. 백정 정자 난간에 서서 북두칠성을 올려다봤다. 그는 동생 충수가 온다고 기별을 넣은 지가 언젠데 한참이 지났다는 생각이 들었다. 그냥 집에서 기다릴까 싶어 정자에서 발길을 옮기려 했다. 그때 멀리서 인기척이 났다.

설공찬은 아버지 설충란이 돌아왔을 때, 문안 인사를 드렸다. '잘 지냈느냐.'는 말만 남기고 아버지는 별말도 없었다. 행장만 풀고는 안방으로 들어가 버렸다. 공찬은 한양에서 무슨 일이 있었나 싶어 물어보고 싶은 마음이 굴뚝같았다.

설공찬은 방 안에 있다가 문득 어제 승경도 놀이를 하다 윤목을 챙기지 못한 게 생각났다. 공침이 화가 난다고 풀숲에 던졌는데 공찬도 같이 화가 난 터라 찾을 생각을 못했다. 공찬은 윤목도 찾을 겸 백정 정자에 바람이나 쐬러 가려고 방문을 나섰다.

설공찬이 백정 정자에 가까워졌을 쯤, 정자 쪽에서 언성이 높았다. 공찬은 정자 쪽 길에서 빠져 나무숲 뒤쪽으로 돌아갔다. 정자에는 아버지 설충란과 작은아버지 설충수가 언성을 높이고 있었다.

"형님, 제가 한양 올라가기 전에 누누이 일렀잖습니까. 신말주 대감이야 조정하고는 끈 떨어진 양반인데, 귀래정에서 풍월이나 읊다가 가시면 되지만, 우리들은 장성한 사제들이 있습니다. 형님 장인어른이 왕실 분인데 제 아들 끈 하나 대는 게 그리 어렵습니까? 공침이 공부하는 걸로 봐서는 과거를 봐서 급제할 팔자는 아닌 것 같고 내 이리 형님께 부탁하는 것 아닙니까."

설충란은 간곡히 부탁하는 동생의 마음을 헤아려보았다. 그저 고개를 살랑살랑 저었다.

"충수 동생, 지금 한양은 피의 숙청이 벌어지고 있어. 내가 올라가서 귀동냥을 해보니, 유자광 대감이 돌아가신 김종직 어른의 「조의제문」을 마치…… 세조 임금이 어린 단종 임금의 자리를 강탈한 것에 강한 앙심을 품고 쓴 제문이라고 글을 올렸다네. 임금의 역린逆鱗, 임금의 노여움을 이르는 말을 일부러 건드렸다는 거야. 임금은 이걸 빌미 삼아 사사건건 임금과 대립하고 김종직 대감을 옹호하던 사간원, 사헌부, 홍문관의 대감들을 숙청했어. 지금과 같은 때에 벼슬자리에 나아가는 게 무슨 의미가 있겠는가?"

"형님, 정말 세상 물정을 모르십니다. 바로 이런 때가 벼슬 얻을 기회지요. 차라리 권력을 꽉 꿰찬 유자광 대감에게 어서 끈을 대야지요. 인생 길어야 육십갑자입니다. 신말주 대감도 불사이군 한다지만 결국 낙향해서 은둔한 꼴밖에 더 됩니까. 차라리 세조 임금과 힘을 합친 신말주 대감의 형님이신 신숙주 대감이 저에게는 더 우러러 보입니다. 기회가 오면 무슨 짓을 해서라도 잡아야지요. 우리가 어릴 때 승경도 놀이도 자주 했잖습니까. 벼슬을 사는 남행 출신도 있는 것이지요."

설충란은 동생 충수의 이야기를 듣다가, 딱하다는 마음으로 긴 숨을 내쉬었다.

"형님, 공찬이도 생각하셔야죠. 이 집안의 대들보 아닙니까? 공찬이 과거 시험을 잘 보아도, 크게 키우시려면 뒷배가 든든한 유자광 대감 정도는 끈을 대야지요. 초희도 이미 시집갈 나이가 되었는데 이참에 그쪽 유자광 대감 쪽 친인척하고 혼사를 넣어보시는 것도 좋지 않겠습니까? 초희는 어디를 보나 탐낼만 한 규수가 아닙니까?"

설충란은 동생의 말에 어이가 없다는 듯 쳐다봤다.

"아우, 자네는 매사가 이러나? 내 딸 혼례까지도 정략적으로 생각하는 거야?"

설충수는 형의 말에 피식, 웃었다.

"형님도 왕실 가계와 혼인하지 않았습니까. 조금도 그런 마음이 없었습니까? 지금 누구를 훈계하시는 겁니까!"

설충란은 동생 설충수의 말에 입술을 부르르 떨었다.

"제가 유자광 대감 쪽으로 끈을 댈 것이니 초희 혼사나 준비하십시오. 이참에 제 아들자식 공침이도 한양에 데리고 올라가야겠습니다. 여기서 공부시켜 봤자 될 일도 아니고…… 쯧쯧."

설공찬은 나무숲에 숨어서 두 사람의 이야기를 귀담아들었다. 심장이 꽝꽝거렸다. 누나에 대한 정략혼인 이야기가 오고 갔다는 데 충격을 받았다. 공찬은 방으로 돌아와서도 심장의 두근거림이 가라앉지 않았다. 초희 누나에게 어떻게 이 사실을 알려야 할지 생각하다 밤새 잠을 이루지 못했다.

다음 날, 설공찬은 깜박 잠이 들었다가 아침 늦게 깨어났다. 아버님에게 아침 문안 인사도 드리지 못했다. 그는 초희 누나의 방을 찾아갔다. 인기척을 하고 방문을 열었지만 누나가 없었다. 그는 방 안에서 기다릴 요량으로 들어갔다. 손탯그릇 하나가 유독 눈에 들어왔다. 자물쇠도 풀려 있었다. 설공찬은 손탯그릇에 무엇이 들었을까 싶어 궁금했다. 혹시 누나가 들어와서 볼까 봐 미안한 마음도 있었지만 끝내 장식함을 열었다. 그 속에서 종이 한 장을 꺼냈다. 그 밑에는 『반야심경』이란 불교 서적도 있었다. 설공찬은 종이를 훑어봤다. '아미사계'란 가사가 씌어 있었다. 마암 마을에서 보면 중심 산인 아미산의 사계를 읊은 가사였다. 그런데 공찬은 그런 느낌이 들지 않았다. 왠지 누나가 불교에 귀의하고 싶은 심정을 읊은 가사 같았다. 불교 서적도 눈에 띄어 한층 그런 마음이 더했다.

'누나가 혹시 비구니 승이라도⋯⋯.'

설공찬은 마음이 더 혼란스러웠다. 아버지와 숙부는 누나를 강제로 정략혼인 시킬지도 모르는데, 정작 누나는 불교에 더 마음을 두고 있으니⋯⋯. 누나가 뜻도 없는 혼사에 얼마나 당황할지 불을 보듯 뻔했다. 공찬은 누나를 지키고 싶은 마음이 간절했다. 아버지에게 간곡하게 말한다고 해도 철없는 어린애 취급을 당할 게 뻔했다. 무엇보다 누나의 의사도 물어보지 않고 아무리 숙부라지만 정략적으로 혼사 이야기를 꺼내는 게 당연한가 싶었다. 공찬은 마음이 부글부글 끓어올랐다.

설공찬은 한지를 접어 소매에 넣고는 누나 방을 나왔다. 마침 바깥 산책을 다녀온 초희와 공찬은 마당에서 마주쳤다. 공찬은 당황스러워서 누나에게 정작 아무 말도 못 했다. 허둥지둥 인사만 하고는 스쳐 지나갔다.

그날 밤, 설충란은 신말주 대감이 기다리고 있는 귀래정을 찾았다. 신말주 대감은 한지를 펴놓고 붓글씨를 쓰고 있었다.

不事二君불사이군.

설충란은 신말주 대감 앞에 무릎을 꿇고 앉았다. 그는 한지에 쓰인 글을 내려다봤다. 당대에 유행하는 조맹부 글체인 송설체였다.

"이런 시대에 충절을 지킨다는 것이 어떤 의미인지요? 군

신유의君臣有義라고 했습니까? 임금과 신하 사이에는 의리가 있어야 한다. 대감님은 정말 그 의리를 다하시는군요."

"자네 눈에는 그렇게 보이는가? 단종 임금을 폐위하고, 왕위를 찬탈하려는 세조 임금 앞에서 목숨으로 막아선 충신들도 있었네……. 난 그저 벼슬이 싫었는지도 모르지."

신말주 대감은 붓을 내려놓았다. 찬찬히 설충란의 얼굴을 살폈다.

"사실은 한양에 갔다가, 제 장인인 평성군을 뵙는 자리에서 장모님의 친동생이신 채수 어른을 만났습니다. 장모님이 말리시는데도 아주 만취하신 모습이었죠."

"채수라고 하면 대사헌사헌부의 으뜸 벼슬을 지낸 사람 말인가?"

"예, 대감님 말마따나 세조 임금 앞을 목숨을 걸고 막아섰던 사육신 분들의 자제나 친척들, 그들이 억울한 옥살이와 연좌제에서 풀려나도록 성종 임금께 아뢰어 윤허를 받아낸 분이시지요. 그런 강직한 분이 지금은 오직 술에 취해 살고 계시더군요. 세상 사람들이 다 미치광이가 되었다고 손가락질하는데도 말입니다."

"당대의 명사들이 귀양 가고, 태반이 사라졌는데 채수만이 술에 취해서 화를 면했구나. 허허허."

신말주 대감은 쓸쓸한 웃음을 지었다.

"채수 어른도 이런 때라면 벼슬을 버리고 낙향하는 것이 낫지 않습니까?"

"낙향을 하면 어디로 가겠는가? 낙향하면 화를 면할 것 같은가? 만일 채수가 훌훌 떠났다면 지금 임금은 반드시 나를 인군으로 여기지 않는다고 했을 것이니, 그 화를 상상할 수 있겠는가? 채수가 묵묵히 떠나지 않고 술에 취해 미친 듯이 지내는 것은 오직 화를 면하기 위함이 아니고 무엇이겠는가."

"그렇게 한 세월을 견디어야 하는 것입니까? 이제 자식이 과거 시험을 볼 나이도 되었는데……."

설충란은 답답한 마음을 가눌 길이 없었다.

신말주 대감은 자리에서 일어나 귀래정 정자 난간에 서서 북두칠성을 바라보며 긴 숨을 내쉬었다.

설공찬

빛과 어둠의 저승 세계

> "이승에서 임금에게 바른말을 하다가 제명에 못 산 분들은
> 천상계에서 좋은 벼슬을 하고 계셨지.
> 하지만 주전충같이 반역을 일으킨 자들은 다 지옥에 가 있었어."

1508년 무진년중종 3년, 가을이 깊어갔다. 설충수는 아들 공침을 부축해서 대청에 나와 앉았다. 그는 바깥 맑은 공기라도 아들에게 쐬게 해주고 싶었다. 아직 설공침의 몸에 설공찬의 영혼이 들어오지 않았는지 기운만 없어 보였다.

설충수는 형인 설충란을 찾아가 설공찬의 혼령이 공침의 몸에 빙의한 여차여차한 사정을 이야기했다. 하지만 설충란은 여전히 믿을 수 없다는 표정이었다. 설충수는 조카 설공침을 따로 만나달라고 부탁을 했지만 '정신이 올바르지 못한 아이를 만나서 뭐 하겠냐.'며 딴청을 놓았다.

"대체 공찬이가 너와 무슨 원한이 있어서 네 몸을 들락거

리며 몸을 상하게 하는 것이냐?"

공침은 제대로 먹지 못하여 핼쑥해 보였다. 그는 햇빛이 부신지 겨우 눈을 뜨고 힘겹게 대답했다.

"아버님, 제…… 제가 공찬이를 시, 시기한 건 맞습니다. 한 자…… 공부도 뒤처지고, 같이 공부하는…… 동생들에게 놀림당하고, 그래서 공찬에게 못되게 굴었습니다. 특히 그때 공찬의 누, 누나가 쓴 가사를 아버님께 고해바친 뒤로는 서로 쳐다보지도 않는 사, 사이가 되었습니다. 아버님 제가 공찬이에게 시달리다 죽으면 저, 저승에서 천벌을 받을까요?"

설충수는 아들 공침의 말을 듣고는 마냥 긴 숨을 내쉬었다. 먼 산을 쳐다보며 쯧쯧, 하며 혀를 찼다.

그날 밤, 설공찬의 혼령이 다시 설공침의 몸에 들어왔다. 설원과 윤자신이 급히 찾아왔다.

"공침이와 나는 사촌 형제 간이었지만 서로 사이가 좋지 않았다는 걸 너희들도 알 거야. 공침이도 내가 요 몇 달간 제 몸을 들락거리는 게 무척 힘이 들겠지. 하지만 서로 맺힌 건 풀고 가라는 조상 신령님의 배려가 없었다면 여기 오지 못했을 거야."

"그럼 공찬 형님은 공침 형을 해칠 마음은 없는 것이지요?"

설원 사촌 동생이 급한 마음에 다짐하듯 물었다.

"내가 저승을 떠돌고 있는 건 맞지만 저승사자는 아니잖아. 사실 이건 비밀인데 저승사자도 아무나 하는 거 아니야. 하하하."

설공침의 몸에 빙의한 공찬의 웃음소리에 다들 안도의 한숨을 내쉬며 따라 웃었다.

"내가 오늘 들려줄 이야기는 이렇게 웃어넘길 이야기는 아니야. 무오년에 일어났던 큰 화를 너희들도 기억할 거야. 이미 돌아가신 김종직 대감의 「조의제문」을 문제 삼아, 많은 조정 대신들이 목숨을 잃거나 귀향을 갔잖아. 이 땅에서는 바른말을 하는 충신들은 다들 목숨을 부지하기 어렵잖아. 그런데 이승에서 그런 충성스러운 마음으로 임금에게 고하고, 제명을 다하지 못한 분들은 저승에서 높은 벼슬을 하고 있었어."

설공찬은 구천으로 나뉜 저승에서 지옥과 연옥보다, 설위가 있는 명부전보다 더 높은 천상계에 살고 있는 선인들을 만난 이야기를 했다.

　설위 증조부가 공찬을 데리고 간 천상계는 단월국처럼 어둡고 칙칙한 분위기가 아니었다. 밝은 기운이 넘쳐나는 곳이었다. 해와 같은 빛은 보이지 않았다. 하지만 하루 종일 환한 빛이 사방에 퍼져 있었다. 즐비하게 늘어선 천상의 가옥들은 금은보석과 옥으로 만들어졌다. 그 옆으로 광활하게 펼쳐진 들판은 황금 물결로 넘실거렸다. 천상의 피리 소리가 고저를 오가며 흘러나오는데 마치 황금 물결을 따라 태평성대를 노래하는 듯했다.

　궁궐로 뻗은 넓은 거리는 황금빛 대리석이 깔렸다. 대리석에 새겨진 전설 속의 동물인 주작과 청룡, 백호, 현무 문양이 너무 섬세하여 금방이라도 살아나서 거리를 활개칠 듯했다. 거리의 선인들은 누구 하나 누추해 보이는 이가 없이 화사하고 밝은 옷을 입었다. 서로 말을 하면 향기를 풍기는 듯해, 너무 달콤하여 나쁜 생각이라곤 전혀 들지 않았다. 단지 의아한 것은 이승의 저잣거리같이 물건을 파는 곳은 없었다. 달리 생각하면 그런 물건은 필요 없는 듯 보였다. 설위 증조부가 궁궐 안으로 공찬을 안내했다. 마침 이승의 경복궁 근정전 앞마당 같은 곳에서 임금을 모시고 많은 대신들이 참여한 가운데 조회가 열렸다. 저 멀리 임금의 자리에는 열서너 살 남짓 되어 보이는 어린 왕이 앉아 있었다. 곤룡포를 입은 어린 왕의 익선관翼善冠 뒤로 후광이 빛났다.

"성군이시여! 성군의 선한 빛이 온 사방에 퍼져 선인들이 사는 이 땅을 밝히시니 성은이 망극하옵니다."

한 대신이 한 발 앞으로 나아가서 성군의 덕을 칭송했다.

"성은이 망극하옵니다."

모든 대신들이 따라서 고개를 숙였다.

"비록 이승에서는 억울한 죽음을 당했으나, 이곳에서 성군의 큰 빛을 받아 오직 서로를 참덕으로 공양하면서 지내게 되었습니다. 이승의 원통함은 한낱 꿈과 같은 것으로 군신의 의리를 다하고 깨어나 보니 이렇게 덕으로 다스리는 참세상을 보게 되어 감개무량하옵니다."

"감개무량하옵니다."

저 멀리 있는 어린 왕은 아무 대답도 하지 않았다. 그 후

광에서 뻗어 나오는 빛이 모든 걸 말하고 있었다. 설위 증조부도 그 자리에 모인 대신들과 함께 예를 다하여 머리를 숙였다. 공찬도 빛의 기운에 이끌려 머리를 조아렸다.

"공찬아, 이곳은 네가 이름만 들어도 우러러볼 분들이 많단다. 그분들이 내뿜는 덕의 향기가 넘쳐나는구나."

공찬은 설위 증조부의 말이 이해될 듯 말 듯 했다. 공찬은 정말 진한 향기를 맡고 있었다. 그런데 그 향기가 덕으로 넘쳐난다니……. 설위는 증손자 공찬의 생각을 다 아는지 염화미소를 지으며 수염을 쓰다듬었다.

"그런데 이곳과 달리 악취로 가득한 곳도 있단다. 너는 그 악취에 숨이 막힐지 모르겠구나. 그곳은 자기 자랑과 자기애만 철철 넘치는 곳이지. 너는 저승의 열 번째 심판관인 전륜대왕을 염라왕의 궁궐 연회에서 보았을 것이다."

설공찬은 염라왕의 연회석에서 본 열 명의 대왕들이 머리에 떠올랐다. 전륜대왕이 흑암지옥을 다스린다고 했던 것 같았다.

"마지막 심판관인 전륜대왕까지 갔다고 하면 그 혼령은 이렇게 밝은 천상계로는 올라갈 수 없을 터이니라. 잘하면 인간계이고, 아수라계, 축생계, 아귀계, 지옥계로 떨어질 것인데 전륜대왕이 다스리는 지옥계는 흑암지옥이라 정말 한치 앞을 볼 수 없느니라. 그곳에는 자기애에 빠져 끝없는 고통을 맛보는 주전충이라는 자가 있느니라."

설공찬은 주전충이란 이름을 중국 『사기』에서 보아 잘 알고 있었다. 원래는 당나라 장군이었다가 반역을 일으킨 인물이었다. 양나라를 세우고는 스스로 임금이 된 자였다. 왕이 되어서는 며느리까지 넘본 부도덕한 자였다.

설위 증조부는 공찬의 눈앞에 짙은 흑암으로 가득 찬 곳을 펼쳐 보였다. 설공찬은 단지 환상을 보았는데도 구역질이 나올 뻔했다. 흑암 지옥에 갇힌 자들이 내뱉는 온갖 욕설과 막말, 그리고 남을 배려하는 마음이라고는 하나도 없는 자기 자랑과 자기애로 악취를 풍겼다. 그 악취가 눈으로 보기에는 오직 어둠에 뒤덮여 있는 모습으로 보였다. 그곳에 주전충이란 자가 '내가 황제이니라!' 하며 독설을 내뱉는데 입에서 칼이 나와 오히려 자신을 베어버렸다.

"전륜대왕이 나에게 흑암지옥을 보여주며 이런 말을 하더구나. 여기 오기까지 겪은 다른 지옥의 고통은 단지 바닷

물에 떨어지는 물 한 방울과 같다고⋯⋯."

　공침의 입에서 '물 한 방울과 같다고⋯⋯.' 하는 뒤끝이 흐린 말이 나왔다. 설원과 윤자신은 몸을 뒤로 물리며 공침에게서 한 발짝 물러났다. 어둠이 덮치듯 공포감에 사로잡혔다. 공침의 입을 빌려 공찬의 혼령이 말을 계속 이었다.

　"이승에서 임금에게 바른말을 하다가 제명에 못 산 분들은 천상계에서 좋은 벼슬을 하고 계셨지. 하지만 주전충같이 반역을 일으킨 자들은 다 지옥에 가 있었어."

　설원과 윤자신은 공침의 눈동자에서 흰자위는 사라지고 짙은 어둠이 들어차 있는 것을 보았다.

제5장

공찬과 초희 노란 창포꽃
설공찬 흰 돌과 검은 돌
김석산 해원제

공찬과 초희
노란 창포꽃

> "어릴 때는 멋모르고 단오제 때면 둘이서 잘 놀았는데……,
> 이제는 댕기 머리에 비녀를 꽂을 때가 오니
> 남녀가 유별하다는 걸 새삼 느끼는구나."

 1498년 무오년^{연산군 4년} 늦가을, 설공찬은 자기 방에서 누나가 쓴 「아미사계」를 펼쳐서 읽었다. 몇 번을 읽고 읽었다. 누나가 비구니 승이 될 것 같은 마음이 떨쳐지지 않았다. 백정 정자에서 엿들은 아버지와 숙부의 대화도 귓가를 떠나지 않았다. 누나에게 어떻게 알려야 할지 마음이 갈팡질팡했다. 아침에도 잠시 스치며 누님을 봤지만 차마 입에서 말이 떨어지지 않았다.

 그때, 방문을 확, 열고 설공침이 설원과 윤자신을 데리고 들어왔다. 설공찬은 깜짝 놀라 펼친 한지를 구겨서 후다닥 반상 밑으로 숨겼다.

"왜 이렇게 놀래?"

"무례하게 어떻게 배려하는 마음도 하나 없이 문을 열고 들어오는 거야!"

"형이 깜짝 놀래키자고 해서……."

설공찬이 화를 내자 설원이 미안한 마음에 기어들어가는 소리로 말했다. 설공침은 공찬 앞에 윤목을 던졌다. 전에 승경도 놀이를 하다 공침이 화난다고 풀숲으로 던져버린 그 윤목이었다.

"내가 다시 찾아왔다. 네가 아직도 이것 때문에 화가 나 있을까 봐. 애들이 승경도 놀이를 하자고 하도 조르는 데…… 네가 없으면 재미없잖아."

설공찬은 공침이 사과를 하자는 것인지, 다시 재미있게 놀자는 것인지 헷갈렸다.

"그런데 너 또 뭘 반상 밑에 숨기는 거냐? 어디 언문으로 쓴 글 같은데 혹시 뉘 집 처자에게 마음이라도 고백하려는 거냐? 하하하."

"공침아, 그런 헛소리를 하려거든 그냥 나가지. 난 승경도 놀이할 기분이 아니거든."

"나도 특별히 너하고 승경도 놀이하고 싶은 마음은 없어. 이제 곧 아버지와 함께 한양으로 떠날 테니까. 조정의 실세이신 유자광 어른을 찾아뵙는다고 나보고도 준비하라고 하셨어."

설공침은 어깨를 으쓱해 보였다. 그리고는 공찬에게 바짝 다가와 앉았다. 어느새 반상 밑으로 손을 넣더니 공찬의 손에서 한지를 빼앗았다.

"이리 내놓지 못해!"

설공찬이 공침의 손에 들린 한지를 다시 빼앗으려 했다. 둘은 엎치락뒤치락했다. 설원과 윤자신도 달려들어 공찬이를 잡았다. 결국 설공침이 공찬의 등 뒤에서 목을 눌러 버렸다.

"내가 서간문은 잘 전해줄게. 어떤 처자냐? 하하하."

공침은 구겨진 한지를 펼쳐봤다. 언문과 한문이 섞여 있었다. 다는 몰라도 대충 뜻을 알 것도 같았다. 공침은 이럴 때 그냥 언문도 공부해둘 걸 싶었다. 사실 한문보다야 백배 천배 배우기도 쉬운데 말이다.

"글씨를 보니 이건 공찬이 네 글이 아니구나? 초희 누나

글이구나."

"서방세계, 부처……."

윤자신은 한문뿐만 아니라 언문도 공부한 터라 쉽게 마지막 글귀를 읽었다.

"부처라고 썼다고……. 『경국대전』에 부녀자가 절에 다니면 곤장이 백 대라고 했는데……."

"그만두지 못해. 그만두란 말이야!"

설공찬은 힘으로 당해낼 도리가 없자 그만 울음을 터트리고 말았다. 설공침은 아랑곳하지도 않고 한지를 지닌 채획, 방을 나가 버렸다.

"공찬이 형, 그냥 장난인 줄 알았어. 미안해."

설원이 공찬에게 미안하다는 말을 남기고 자리를 뜨자, 윤자신도 서둘러 뒤따랐다.

설공침은 곧바로 아버지 설충수에게 달려갔다. 뭔가 횡재를 한 느낌이었다. 언제나 초희 누나와 공찬에게 무시를 당했는데…… 아니 그들이 직접적으로 무시한 일은 없었지만, 늘 무시당하는 기분을 지울 수는 없었다. 똑똑하고 공부도 잘하는 그들이 부럽기도 하고, 때로는 말로 할 수 없을 정도로 짜증이 났다. 이번 기회에 아버지에게 일러바쳐서 혼쭐을 내주고 싶었다.

설충수는 아랫사람들에게 한양으로 떠날 채비를 단단히 하라며 재촉했다. 그는 금고에 넣어둔 돈다발을 따로 챙기며 입가에는 씁쓸한 미소를 지었다. 설공침이 안방으로 들어와서 한지를 내밀 때는 뭔 종이 쪼가리냐, 싶었다.

"초희 누나가 쓴 글인데, 부처라고 쓴 것이 아무래도 심상치 않아 보여서요."

설충수는 찬찬히 글을 읽었다. 그의 입가에 저절로 미소가 번졌다.

"허허, 초희는 규수 감으로 어느 대감 댁에 내놓아도 정말 남부럽지 않겠구나. 허허허."

"예? 아버님 무슨 말씀을 하세요?"

설충수는 놀란 토끼눈으로 바라보는 아들 공침을 지그시 노려봤다.

"네 녀석이 이 두 남매의 반만 따라갔어도 내 이 고생을 안 하련만……. 쯧쯧."

설공침은 아버지의 말을 듣자 자신의 행동이 부끄러워서 그만 고개를 들지 못했다.

다음 날, 설충수는 형님인 설충란 집을 찾았다. 둘은 안 채에 들어가 마주 앉았다. 설충수는 어제 공침이 가져온 한 지를 형에게 내밀었다. 설충란은 한지를 펼쳐 글을 읽었다. 단박에 딸 초희가 쓴 글이란 걸 알아챘다. 글을 다 읽고는 동생 설충수와 눈을 마주쳤다.

"형님, 이러다 초희가 이 집을 떠나 어디 비구니 승이라 도 될까 걱정스럽습니다."

설충수는 능청스럽게 한 수 떠보듯이 말했다.

"자네가 하고 싶은 말이 뭔가? 그리고 이 글이 왜 자네 손에 들어갔는가?"

"제 손에 들어온 경위가 어디 중요하겠습니까. 이러다 귀 한 규수를 놓칠까 봐 그게 더 염려스럽지요. 형님. 이참에 마음을 단단히 잡수시고 제가 한양에 가서 연줄을 놓을 테 니 초희 혼례 준비나 잘 하시지요."

종이를 쥔 설충란의 손이 부르르 떨렸다.

"제가 어찌 저 잘되자고 이러겠습니까. 형님. 이 집안이 어떤 집안인데 비구니 승이 나와서야 되겠습니까? 다 형님을 생각해서……, 이 가문의 앞날을 생각해서 하는 소리가 아니겠습니까?"

설충수는 '두말하지 않을 테니 잘 생각해 보라.'며 자리에서 일어났다. 그는 방문을 나서다 돌아보며 설핏 미소를 지었다. 설충수는 앞마당을 나서다 공찬과 마주쳤다. 공찬이 인사를 하자 허험, 하고는 스쳐 지나쳤다. 공찬은 직감적으로 느낌이 왔다. 초희 누나가 쓴 한지를 가지고 왔다는…….

설공찬은 그 후로 초희 누나가 어버지에게 불려가고, 또 초희 누나가 울부짖으며 한지를 움켜쥐고 방을 뛰쳐나오는 걸 지켜봤다. 그는 초희 누나를 더는 볼 면목이 없었다. 그는 방 안에서 손톱을 물어뜯으며 그저 울분이 치밀고 미안한 마음을 삼켜야 했다.

그렇게……,

그들의 마음에 찬 서리가 내리고 겨울이 왔다.

계절은 어김없이 흘러가 다음 해, 봄이 왔다.

연못가에 노란 창포꽃이 피어났다.

창포에 머리 감는 단오절이 찾아왔다.

그동안 초희의 혼사 이야기도 차곡차곡 진행되어갔다. 설공찬은 누이가 슬피 우는 모습을 자주 보았다. 혼사 이야기가 오갈수록 누이는 방문 밖을 잘 나오지 않았다. 공찬과 초희의 관계도 점점 소원해져갔다.

순창군 단오제를 보러 임실, 담양, 남원, 정읍 등지에서 사람들이 몰려들었다.

단오제에 들어가기 전, 4월 그믐날. 설충란은 푸른 도포에 큰 갓을 쓰고 순창 옥천동 성황사城隍祠 제단 앞에서 고유제문을 펼쳐들었다.

뒤로는 순창 향리인 이방, 호방, 병방, 형방, 공방, 예방이 두루마기에 작은 갓을 쓰고 무릎을 조아리고 앉았다. 제단 밑으로 나팔을 든 취타대원과 성황대신사명기와 성황대기, 십이지신기, 청룡백호기, 영기 깃발을 든 군졸 수십 명이 제단을 향해 서 있었다. 각양각색 색깔을 뽐내는 깃발이 바람에 나부꼈다. 고깔을 쓴 박수무당과 화려한 무복을 입은 무희들이 그 뒤에 섰다. 그 뒤는 성황제를 보기 위해 마을 사람뿐만 아니라 이웃 고을 사람도 장사진을 이뤘다.

"유세차 명 홍치 12년연산군 5년, 1499년 기미 4월 그믐날 삼가 8세 손 설충란이 신명이신 설공검 성황대왕에게 감히 밝게 고합니다. 공경히 생각건대 높으신 신명은 살았을 적에는 진신縉紳, 벼슬한 사람이었고, 죽어서는 영령英靈, 죽은 이를 높이 이르는 말이 되었습니다. 우리 성황대왕은 순창군 설 씨 가문의 어른으로 성품과 행동이 맑고 수려하여 일찍이 고려 고종 임금 때 과거에 급제하였습니다. 관직이 참리參理, 고려 시대에, 첨의부 · 도첨의사사에 둔 종이품 벼슬에 이르렀는데, 나이가 많아 물러가기를 청하니 임금은 중찬中贊, 고려 시대에, 도첨의부에 속한 종일품 벼슬을 하사하고 물러나게 하였습니다. 벼슬하는 동안 청렴하고 정직하며, 덕이 두루 미치고 인에 화합하여 관위가 1품에 이르러 삼한 공신이 되었습니다. 성황신에 의탁하니 영험이 많아 국제國祭, 국가의 제사에까지 이르렀습니다. 고려조 이후 나라와 지방 관아에서 제사를 지내었으니 다 기술할 수가 없습니다. 세월이 아주 오래되어 국제는 혁파

164

되었으나, 이후 온 경내외 사람들이 지금까지도 받들어 삼가 제사를 지내는 것이 스스로 이어져 물이 흐르는 것과 같았고, 길로 이어짐이 끝이 없고……."

　설충란이 성황사에서 제문을 읽고 있는 동안, 초희는 아래 여자아이를 데리고 순창 관아 근처 응향지를 거닐었다. 단오제 준비도 거의 마무리에 들어 있었다. 높이 세워진 나무에 그네가 매달려 있었다. 작년 단오제 때도 이 그네를 타고 놀았었다. 그때 동생 공찬이가 뒤에서 힘차게 밀어주었다. 오늘 동생 공찬이와 이곳에서 만나기로 했다.

　공찬은 누나가 응향지에 나와 서성거리는 모습을 먼발치에서 숨어서 지켜봤다. 차마 다가서려는 발걸음이 떨어지지 않았다. 사실 어젯밤에는 누이에게 전해줄 편지를 썼다. 행여 누이 앞에서 제대로 말로 전하지 못할까 봐…….

　'초희 누님. 한겨울을 나면서 이토록 사무치는 추위를 느껴본 적이 없었습니다. 누님의 방에서 「아미사계」 글을 봤을 때, 이런 글을 쓰는 누님이 여성으로 태어난 것이 너무 억울하다는 생각이 들었습니다. 혹시나 누님이 세상 삶에 비관하여 비구니 승이 되려는 건 아닌지 걱정이 되었습니다. 아버님에게 인정받지 못하고, 이 글로 인해 야단맞는 모습에서 나의 잘못을 통곡하며 뉘우쳤습니다. 아버지와 숙부가 나누는 정략혼인에 대해 몰래 들었을 때도 누님에게 어떻게 전해야 할지 망설였습니다. 다들 나를 위한다면서 누님을 희생시키려는 생각뿐이었습니다. 한 날은 혼사 이야기가 오가는 중에 아버지를 찾아갔었습니다. 성정이 어진 임금의 때도 아니고, 조정의 충신들이 바른말을 했다는 이유로 목숨을 부지하지 못하는 때에 제가 과거 시험을 보는 게 무슨 의미가 있냐고, 왜 초희 누님의 뜻과는 상관없이 혼사를 진행하시는지, 제 출세를 위해 누님을 희생시키는 건 아닌지 따지고 물었습니다. 제가 아버님에게 불효자가 되는 한이 있어도 누님을 불행하게 만드는 일을 할 수 없다고 말입니다. 아버님이 불같이 화를 내며 회초리를 들었을 때, 그만 방을 뛰쳐나오고 말았습니다. 누님에게 불행한 일이라도 일어난다면 저는 그 누구도 용서할 수 없을 겁니다. 아니 제 자신부터 용서할 수 없습니다……'

공찬은 어젯밤에 쓴 편지를 소매에 넣어두었다. 두 주먹을 불끈 쥐었다. 누나에게만은 자신의 진심을 전하고 싶었다.

초희는 먼발치에서 공찬이 도령 옷을 입고 걸어오는 걸 봤다. 작년 단오제 때 공찬과 놀던 일이 엊그제 일 같은데 세월이 금세 흐르는 것 같았다.

"누님, 꽃무늬가 들어간 화사한 옷을 입으시니 마치 선녀가 하늘에서 내려온 것 같습니다."

공찬은 겨우내 서먹했던 누이와의 사이를 풀고 싶은 마음이 간절했다. 초희가 미소로 응답했다.

"공찬아, 너도 올해부터는 순창 향교에서 공부에 정진하겠구나. 점점 더 볼 시간이 없겠구나. 나도 혼사가 이뤄지면 이 고을을 떠날 테니……."

"누님, 그런 말씀 마세요. 제가 누님이 어딜 간들 못 찾아가겠습니까."

공찬은 그동안 참았던 눈물을 보이고 말았다. 초희는 공찬의 눈물을 닦아주었다. 그녀는 소매에서 잘 접은 한지를 꺼내 공찬에게 건넸다. 공찬은 얼떨결에 누이의 편지를 받았다. 실은 공찬도 누나에게 편지를 전해주려고 준비를 했는데…….

"나는 두룡정 물맞이를 다녀와야겠다. 이 아이가 사람들이 밀리면 두룡정에서 머리도 감지 못한다고 어찌나 조르는지……. 이 아이도 그동안 집안일 거들라, 모내기 거들라 고생했으니 머리는 한번 감겨줘야 하지 않겠니."

뒤에 서 있던 여자아이가 힐끗 눈치를 주었다.

"어릴 때는 멋모르고 단오제 때면 둘이서 잘 놀았는데…… 이제는 댕기머리에 비녀를 꽂을 때가 오니 남녀가 유별하다는 걸 새삼 느끼겠구나."

초희는 공찬의 손을 꼭 잡아주고는 여자아이를 데리고 자리를 떠났다. 공찬은 초희 누나에게 편지를 받고, 그만 자신의 편지를 전하는 건 잊어버렸다. 아니 차마 전하지 못했다.

성황사에서는 상다리가 휘어지는 제사상을 앞에 두고 굿판이 벌어졌다. 박수무당들이 풍년을 기원하는 제를 올리고, 무희들이 춤을 추며 한참을 놀았다. 춤이 끝날 때쯤 향리 중 한 명이 제관이 되어 역마에 올라탔다. 역마 앞으로

나팔을 든 취타대가 선두에 섰다. 그 뒤를 따라 영기와 성황
대신사명기, 성황대기, 십이지신기, 청룡백호기가 줄지어
섰다. 성황대왕의 부인인 여성 성황신을 맞이하러 대모산성
^{홀어머니산성}으로 성대한 영신 행렬이 풍악을 울리며 출발했다.

설충란은 제단 위에 서서 그들이 떠나는 뒷모습을 지켜봤
다. 그는 하늘을 우러러봤다. 성황대왕이신 설공검 조상신
이 아들 공찬에게 옳은 길을 열어주기를 마음으로 빌었다.
공찬과 겨우내 소원해진 관계도 적잖게 염려스러웠다.

설공찬은 응향지에 홀로 남았다. 고을 사람들 대부분은
성황제를 보러 성황사에 몰려갔다. 단오 난장 때 쓸 씨름판
을 준비하려는 사람들이 더러 있었지만 저 멀리에 있었다.
공찬은 그네에 앉아 누나가 준 편지를 펼쳐들었다.

'공찬아, 보아라. 일전에 내가 쓴 글로 인해 집안에 사달
이 났다마는 너의 잘못은 아니니 너무 상심하지 말아라.
내가 마음에 두고 차곡차곡 불법을 알아가고 있었다만 지
엄한 가문의 명예가 있고, 너의 장원급제를 바라는 아버
님에게 내가 비구니 승이 되겠다고 심려를 끼칠 수는 없는

일이다⋯⋯.'

초희는 두룡정에서 바위에 앉아 어린 종이 머리를 감고 물장구를 치면서 노는 모습을 지켜봤다. 얼굴엔 미소를 지었지만 그녀의 눈빛은 어디에도 초점이 없었다.

설공찬은 초희 누나의 편지를 읽으며 눈물을 삼켰다.
'단오제가 다가오니 부쩍 어머니 생각이 나더구나. 단옷날 그네를 뒤에서 밀어주시던 어머니의 모습, 창포에 머리를 감겨주시던 일도 잊을 수 없구나. 엊그제 밤에는 어머니가 꿈에 보였단다. 노란 창포꽃을 꺾어주셨단다.'

영신 행렬이 출발하면서 춤추는 무희와 박수무당들이 뒤를 따랐다. 구름처럼 들어찬 고을 사람들이 물길을 내듯 길을 비켜섰다. 취타대가 풍악을 크게 울리며 경사스러운 단오제의 시작을 알렸다.

초희는 동생 공찬에게 마음을 담은 편지를 쓰던 어젯밤을 떠올렸다. 한지를 앞에 놓고 한참을 망설였었다. 혼사 이야기가 오가는 중이라 지금이 아니면 서로 소원해진 감정을 풀 길이 없을 것 같았다. 붓을 들어 한지에 써내려갔다.

'…… 그런 어머니를 일찍 여읜 것이 나로서는 너무나도 가슴 아픈 일이었단다. 너는 어려서 어머니에 대한 그리움이 덜할 수 있겠구나. 어머니는 아픈 중에도 내 손을 잡으며 동생을 잘 돌보라고 부탁했단다. 상여꾼이 어머니 상여를 메고 동네를 돌 때, 아버지와 함께 상복을 입은 너는 앞에서 걸으며 마냥 천진난만한 모습이더구나. 저런 어린 동생을 남겨두고 나보고 어떻게 돌보라고 어머니가 떠나다니…….'

글을 쓰는 초희에게 어머니 상여를 메고 가는 상여꾼의 노랫소리가 애잔하게 들여왔다.

어허 어허 너하 넘차 어허
어허 어허 너하 넘차 어허
만당 같은 집을 두고
서러워서 어이 가나
어허 넘차 어허

천금 같은 자식을 두고

문전옥답을 다 버리고

십이군정 어깨 빌어

만첩산중 들어갈제

어하 넘차 어허

북풍한설 찬바람에

눈물이 앞을 가려 못 가겠네

......

취타대의 나팔 소리가 흥을 돋우고 영신 행렬이 줄지어 나아갔다. 젊은 박수무당 김석산이 영신 행렬을 둘러싼 마을 사람을 휘저으며 다녔다. 마을 장정들과 춤을 추고, 아이를 들어 올려 어깨에 걸치고는 덩실덩실 춤을 췄다. 그야말로 영신 행렬의 흥을 북돋웠다.

공찬은 멀리서 들려오는 취타대의 나팔 소리를 들으며 눈가에서 눈물을 닦아냈다.

'어엿이 자란 네 모습을 보면 어머니도 저승에서 기뻐하실 것이야. 고을에 살구꽃이 어지러이 피고, 공찬이 네가 장원급제하여 고을로 금의환향하는 꿈을 자주 꾼단다. 나는 버선발로 뛰어나와서 내 동생과 어화둥둥 춤을 추는 꿈을 말이다.'

설공찬은 편지를 쥐고 있는 두 손에 힘이 들어갔다.

'그러니 순창 향교에서 공부에 더 정진하길 바란다. 나는 아녀자의 몸으로 태어나 달리 일이 없어, 이제 시집갈 일만 남았으니 좋은 배필이면 그저 족하겠구나.'

"이건 아니야, 이건 아니야. 이것이 어찌 감히 할 짓인가. 이것이 어찌 감히 할 짓인가."

설공찬은 울분을 터트렸다. 그의 목소리가 응향지 주위를 울리며 퍼져나갔다.

초희는 여자아이의 손에 이끌려 집으로 향했다. 여자아이는 초희 눈앞에서 손을 살랑살랑 흔들었지만 별 반응이 없었다. 그저 영혼이 빠져나간 아씨를 이끌고 갈 뿐이었다.

그렇게……

그렇게……

초희의 혼사는 진행되었다. 물론 설충수의 뜻대로 한양과 연줄을 댄 것은 아니었다. 설충란은 그런 정략 혼사만큼은 마지막엔 단호히 거절했다. 그는 딸이 그저 평범하게 살아가기를 바랐다. 설령 초희의 뜻이 달리 있었다고 해도…….

그리고 공찬이 어둠에 갇힌 시대의 알을 깨고 나와 더 밝은 세계를 보기를…….

설공찬

흰 돌과 검은 돌

> "너의 아버지 설충란이 신주를 만들어
> 아침저녁으로 제사한 지극한 정성에 내가 감동했느니라.
> 부모보다 먼저 떠난 불효한 자식인데 말이야. 하하하."

1508년 무진년^{중종 3년} 초겨울. 순창에는 첫눈이 내렸다.
설충수의 집 앞마당엔 백설이 소복하게 쌓였다. 사랑채에
는 설공침이 양반다리를 하고 허리를 곧게 하여 앉았다. 설
원에게 약수 한 사발을 가져다달라고 부탁했다. 목이 마른
지 헛기침을 자주 했다.

그의 눈썹이 파르르 떨렸다. 설공침은 설원이 가져다준
약수 한 사발을 마셨다. 그의 입에서 설공찬의 목소리가 흘
러나왔다.

"이제 저승 이야기도 갈무리를 지어야겠다. 서너 달 동안
공침의 몸에 신세를 졌으니, 내가 빠져나가 줘야 공침이도

제정신을 차릴 것이 아니냐."

설공침이 묘한 미소를 지었다. 설원과 윤자신은 아직도 저 미소가 설공침인지, 설공찬의 혼령이 짓는 표징인지 헷갈렸다.

"실위 증조부께서 나에게 전륜대왕을 만나 심판을 받고 환생하기 전에 마지막으로 찾아뵐 분이 있다고 하셨지."

설공찬은 처음 설위 증조부를 만났던 명부전 앞 백옥정에 단 둘이 앉았다.

"이제 너는 이 천상계의 비경이 어떻게 보이느냐?"

설위 증조부는 흰 수염을 만지며 넌지시 물었다.

"천연 절벽에 구름 밑으로 떨어지는 폭포수가 그 끝을 알 수 없고, 이 백옥으로 장식한 정자에 앉아 있으니 그저 도연명 선생이 『도화원기』에서 꿈꾼 무릉도원 같아 꿈만 같습니다."

설공찬의 대답에 설위는 박장대소를 했다.

"그래, 네가 무릉도원을 꿈꾸고 있었구나. 하하하. 그래서 네 눈에 그렇게 보였겠구나. 오늘 너를 찾으시는 분이 있어 이보다 더 높은 7천 천상계로 너를 데려가려 한다.

어떠하냐? 더 화려한 비경이 마음에 그려지느냐? 하하하."

설위 증조부는 묘한 미소를 지으며 너털웃음을 터뜨렸다. 설위는 설공찬의 눈을 비단 천으로 가려주었다.

비단 천을 풀고 눈을 뜨는 순간 너를 깜짝 놀래주려고 한다며 설위가 웃었다. 설공찬은 마음에서 부푼 꿈이 피어나기 시작했다.

설공찬은 비단 천이 풀리자 조심스레 눈을 떴다. 그곳은 그냥 수풀이 우거지고, 오솔길이 굽이굽이 난 산길이었다. 설위 증조부와 함께 서 있었다.

수풀을 헤치며 잠시 더 나아가자 쓰러질 듯 초라한 초막이 보였다. 그곳에 백발의 노인이 바둑을 놓고 있었다. 설위가 다가가 문안 인사를 올렸다.

"공찬아, 이리 와 인사를 드려라. 설공검 신령이시니라. 아마 순창 성황사에서 제를 올리는 성황대왕이라면 쉽게 알겠구나."

"가만 있게. 소개는 조금 있다 받음세. 한 점은 어디에 놓아야 하나 지금 고민일세."

백발 노인은 바둑판을 바라보며 골몰하고 있었다. 설위는 그 모습이 안쓰러운지 지그시 바둑판을 내려보았다. 훈수를 둘 요량으로 바둑판 한가운데인 천원에 흰 돌을 놓았다.

"에끼 이 양반. 천원에 두다니……. 내 자리를 노렸구먼. 하하하."

백발 노인은 그제야 설공찬을 바라봤다.

"어떠냐? 네가 마음에 그린 비경이 보이느냐?"

설공찬은 설공검 신령의 말에 당황스러웠다.

"저는 상상도 못 할 궁궐을 생각했습니다."

"내가 어찌 너에게 그런 비경을 보여주지 못하겠느냐. 마음만 있다면 말이다. 너의 지옥 시왕 심판도 미룬 난데 말이다. 하하하. 너의 아버지 설충란이 신주를 만들어 아침저녁으로 제사한 지극한 정성에 내가 감동했느니라. 부모보다 먼저 떠난 불효한 자식인데 말이야. 하하하."

설공검 조상신의 뜻밖의 말에 설공찬은 적지 않게 당황했다. 아버지 제사에 감동했다니…….

"설공검 신령님, 성황대왕으로 젯밥을 오래 드시더니 젯밥에 맛들인 게 아닙니까. 허허허."

설위가 웃으며 초막에 올라 설공검 신령의 맞은편에 앉았
다. 설공찬이 보기에 두 분이 바둑이라도 한 판 두려는 모
양새였다.

"이 사람아. 조상신 신선놀음에 도낏자루 썩는지도 모른
다는 소릴, 어디 들어서야 쓰겠는가?"

설위와 설공검은 박장대소를 하며 웃었다. 설공찬도 그
만 헛웃음이 나왔다.

"원래 그 맞은편 자리에는 설위 자네나 나보다도 더 윗대
의 조상신이 앉았다네. 그리고 나에게 바둑 한 수를 가르쳐
주셨지."

설공검 신령은 설공찬에게 흰 바둑돌 하나를 건네주었
다. 그리고 주먹을 쥐고 숨겼다가 펴보라고 하였다. 설공찬
이 주먹을 폈을 때는 검은 돌로 바뀌어 있었다. 분명 흰 돌
이었는데…….

"일체유심조一切唯心造. 이 맞은편에 앉았던 조상 신령이 하
셨던 말이란다."

설공찬은 의심스러워 다시 주먹을 쥐고 펴봤다. 다시 흰
돌이었다. 방금 전 마음먹었던 일이었다.

"그분이 동굴 이야기를 하나 들려주더구나. 당나라로 유학을 떠나가는 길에 들른 동굴이었다지. 자고 나서 깨어 보니 지난밤에 그렇게 맛있게 마셨던 물이 두개골에 담긴 썩은 물이라니……. 하하하."

설위는 공찬의 손바닥에 있는 바둑돌을 집어 바둑 단상에 놓았다. 손바닥으로 가렸다. 그러고는 설공검 신령에게 물었다.

"제가 흰 돌을 놓았습니까, 검은 돌을 놓았습니까?"

"좋은 질문이야. 이 문제를 공찬에게 내면 어떻겠나? 전륜대왕의 심판을 받으면 다시 인간으로 환생할 터인데, 이 문제를 맞히면 우리가 삼신할미에게 부귀영화를 누리도록 정승 대감 댁에 아들로 점지해달라고 해볼까? 하하하."

"제가 흰 돌이라고 해도 아마 검은 돌이 나올 것 같습니다."

설공찬은 두 조상 신령을 미심쩍은 눈으로 바라봤다.

"그렇느냐? 그럼 흰 돌인지 검은 돌인지 한번 보자꾸나."

설공검 신령이 설위의 손을 들었다. 바둑돌이 없었다.

"이승에 살아 있는 친구들에게 말해주거라."

설공침의 입에서 설공찬 혼령의 목소리가 흘러나왔다.

"원래 마음이 있는 것인지 없는 것인지……. 허망한 마음을 어디까지 쫓아갈 것인지……."

설공침은 눈을 감았다. 그러고는 옆으로 자빠지더니 잠이 들었다.

김석산

해원제 解冤祭

> "약관의 나이에 이승을 떠나
> 평생 아버님의 가슴에 한을 안겨드렸습니다. 불효자 공찬이
> 엎드려 비오니 용서하여 주시옵소서."

1508년 무진년^{중종 3년} 초겨울. 순창에 내린 첫눈도 녹아 응달진 곳에 잔설만 남았다. 설충란의 집 안채에는 설충란, 설충수, 박수무당인 김석산까지 세 명이 마주 앉았다. 설충수는 며칠 전, 미리 형인 설충란을 찾아와 여차여차한 이야기를 밤새 나누었다. 서로 고성이 오가기도 하고, 울기도 하면서 설공침의 몸에 빙의된 설공찬 혼령이 들려준 원한과 저승 이야기를 가감 없이 전했다. 그리고 설공찬 혼령이 그에게 부탁한 마지막 말을 설충란에게 전했다.

이제 곧 있으면 설공침이 설원과 윤자신의 부축을 받고 설충란의 집으로 올 터였다. 안채 마당에는 병풍을 둘러놓

고 제사상을 봐놓았다. 설충수는 박수무당인 김석산에게 오늘 해원제를 부탁했다.

"오늘 해원제는 제가 원을 풀어드릴 일은 없을 터이고, 공찬이 스스로 말하도록 해야지요. 저는 다만 삼신할미에게 좋은 태에 환생하도록 점지해달라고, 복을 빌어야지요."

"나는 자네들이 하는 말에 아직 마음의 의심이 가신 것은 아니네. 다만 자네 아들 설공침이 와서 이야기를 한다고 하니 제정신인지 아닌지 들어보고 싶을 따름이야."

"형님. 그 애가 제정신이겠습니까. 오늘 공침의 입에서 나오는 말이 진짜 빙의된 설공찬의 말인지 분별하셔야죠."

밖에서 웅성웅성하는 소리가 들렸다. 벌써 안채 마당으로 들어오는 모양이었다. 세 사람은 서둘러 자리에서 일어났다. 안채 마루에 나와서자, 설공침이 부축을 받으며 앞마당으로 들어왔다. 세 사람은 마루에서 내려가 제사상 앞으로 나아갔다. 제사상 앞에 멍석을 깔아놓은 곳에 설공침이 무릎을 꿇고 앉았다. 안채 담벼락 너머에는 고개를 내미는 구경꾼들로 가득했다. 김석산이 복숭아 나무채를 들고 설공침에게 다가가 눈동자를 살폈다.

"아직 설공찬의 혼령이 오지 않은 모양입니다. 다른 혼령의 기운이 느껴지지 않습니다."

"저는 설, 설, 설공침입니다. 아버님, 큰, 큰아버님."

설공침은 기운이 없는지 말을 제대로 잇지 못했다. 쌀쌀한 날씨 탓에 기침도 곁들여 했다. 설충란과 설충수는 그런 설공침을 안쓰럽게 바라봤다.

"제, 제가 공찬이와 초, 초희 누, 누님에게 못, 못된 마음을 가지고 있었습니다."

설공침은 침을 삼키고 겨우겨우 말을 이었다.

"그만하거라. 기운도 없는데 무슨 말을 이어가려 하느냐?"

설충수는 공침이 당장이라도 쓰러질 것 같아 안쓰러운 마음에 말을 막아섰다.

그러자, 바로 그때 김석산이 들고 있는 복숭아 나무채가 파르르 떨리기 시작했다. 김석산은 떨림이 심해서 나무채를 마당 구석으로 집어던졌다. 설공침에게 강한 혼령의 기운이 느껴졌다. 공침이 자리에서 아무렇지도 않게 일어났다. 그리고 설충란과 설충수를 향해 큰절을 올렸다. 조금 전까지 기운이 없던 설공침은 온데간데없었다.

"불효자 공찬이 삼가 아버님에게 문안을 올립니다."

또렷하게 공찬이 목소리가 울려 퍼졌다. 담벼락 너머에서 고개를 내민 사람들 사이에서 웅성거리는 소리가 들렸다.

"자식이 부모보다 먼저 가는 불효보다 더 큰 불효도 없다고 했는데, 약관의 나이에 이승을 떠나 평생 아버님의 가슴에 한을 안겨드렸습니다. 불효자 공찬이 엎드려 비오니 용서하여 주시옵소서."

설충란은 갑작스런 공찬의 목소리에 적지 않은 충격을 받았다.

"제가 살아생전에 아버님에게 원망스런 마음을 가지고 있었습니다. 누이의 혼사와 불행하게 끝난 누이의 죽음으로 마음의 병을 앓았습니다. 저에게는 관대하시면서 왜 누이에게는 그렇게 정을 주지 않으셨는지 어린 마음에 헤아릴 수 없었습니다."

설충란은 제자리에 서 있을 수 없었다. 다리에 힘이 빠지면서 그 자리에 주저앉았다.

"그런데 그런 원망들은 저승에 가서 보니 다 제 마음이 지어낸 이야기였습니다. 아버님이 불효한 저를 위해 삼년상을 지내주신 덕에, 그 공덕이 조상 신령의 마음을 움직였다고 했습니다. 저승 지옥 대왕들의 심판을 뒤로 미루고 저승 세계를 잘 다녔습니다. 저승 천상계에서 만난 누이는 자신의 일을 찾아 누구보다 행복해 보였습니다. 누이에 대한 미안함과 그리움으로 병을 앓았지만 누이는 사랑으로 저를 보듬어주었습니다. 우리가 이승에서 쌓은 작은 공덕 하나라도 저승 창고에는 고스란히 쌓여 있었습니다. 우리가 이승에서 쌓은 작은 악덕 하나라도 저승에서는 자신을 찌르는 칼이 되어 돌아왔습니다. 마음을 고쳐먹으면 저승 시왕의 지옥세계도 불법의 극락세계로 바뀌는 걸 알았습니다. 부디 저의 이야기가 귀감이 되도록 아버님께서 애써주십시오."

설공침은 다시 일어나 설충란에게 큰절을 올렸다. 설충란은 저 속에 설공찬의 혼령이 있다는 게 믿기지 않았다. 다만 큰 울림이 있는 말을 듣고 마음으로 탄복했다.

박수무당 김석산은 복숭아 나무채를 다시 주워들었다. 그리고 설공침을 향해 나무채를 들었다.

"이제 너의 말을 다 하였느냐? 설공찬 혼령아. 너의 맺힌

한과 저승 이야기가 끝났으면 설공침의 몸에서 나와 저승으로 돌아가 미뤄진 심판을 받거라."

설공침은 무릎을 꿇은 채 허리를 폈다. 눈을 감았다. 김석산이 복숭아 나무채를 흔들자 설공침이 몸을 부들부들 떨었다. 설공침은 뒤로 자빠질 듯이 몸을 떨더니 옆으로 픽, 쓰러지려고 했다. 김석산이 설공침을 몸으로 받아냈다. 그 순간 김석산의 눈앞에 환상처럼 저승 세계가 보였다.

전륜대왕이 육도 윤회의 수레바퀴를 돌리자 수많은 죄인들이 그 수레바퀴에 빨려들었다. 공찬의 혼령도 수레바퀴로 빨려들었는데 인간계로 떨어졌다. 공찬의 혼령은 한 방울의 물방울로 변했다. 삼신할미가 그 물방울을 받아 어느 절 삼신각에서 치성을 드리는 여인의 태에 넣어주었다.

잠시 후, 설공침이 깨어났다. 아버지 설충수가 달려와 아들을 안았다.

"아버지. 제가 왜 여기에 와 있는 겁니까? 아니 여기 제 사상은 뭡니까?"

설공침은 지금까지 무슨 일이 있었느냐며 의아해했다.

"네가 정녕 몰라서 묻는 것이냐?"

설충수는 어이가 없어 되물었다.

"하하하."

김석산이 옆에 서 있다 호탕하게 웃었다.

"우리 설공찬 도령이 한바탕 잘 놀다 갔구려."

김석산은 제사상 앞으로 갔다. 복숭아 나무채를 양손으로 잡고 흔들며 해원가를 불렀다.

오늘 공찬 도령은 어느 갑에 매였는가.

무오갑이 상갑이라. 무오, 기미, 경신,

신유, 임술, 계해, 그 태어난 자들은

어느 대왕 매였는가.

제 십전에 전륜대왕 매였다오.

석가여래가 중생을 제도하는 원불인데,

무슨 지옥 마련했는가?

흑암지옥 마련이오.

그 지옥에 들지 말고 시왕극락 돌아가서

복덕가에 인도환생 하옵소서.

나무아미타불

김석산이 제사상 앞에서 큰절을 올렸다. 설충란과 설충수는 이 모습을 지그시 바라보았다. 김석산은 또 한 번 큰절을 올린 뒤 설공침을 제사상 앞으로 데리고 와서 세웠다. 담 너머로 지켜보던 사람들마저 안채 마당으로 몰려들었다.

다 같이 큰절을 두 번 올렸다.

채수

『설공찬전』, 어전회의를 달구다

> "티끌세상 다 버리고 어떻게 살 것인가.
> 봉래산 꼭대기에서 신선의 벗이나 되려나.
> 하하하."

1511년 신미년중종 6년 경복궁 근정전.

9월 2일

중종을 모신 어전회의 자리였다. 조정 대신들이 줄지어 섰다. 사헌부가 먼저 아뢰었다. 채수가 쓴 『설공찬전』이 도마 위에 올랐다.

"채수가 쓴 『설공찬전』이 모든 길흉화복이 윤회한다는 논설로, 매우 요망한 것인데 전국 각지가 현혹되어 믿고서, 한문으로 옮기거나 언문으로 번역하여 전파함으로써 민중을 미혹시킵니다. 사헌부에서 마땅히 공문을 발송하여 거

190

두어들이겠으나, 혹 거두어들이지 않거나 뒤에 발견되면, 엄중한 죄로 다스려야 합니다."

중종 임금이 답하였다.

"『설공찬전』은 내용이 요망하고 허황하니 금지함이 옳다. 그러나 법을 세울 필요는 없다. 나머지는 윤허하지 않겠다."

중종 임금은 인천군仁川君 채수를 파직했다. 그가 지은『설공찬전』이 '좌도난정률左道亂正律, 부정한 도로 정도를 어지럽히고 민중을 선동하여 미혹케 한 죄'에 해당된다며 사헌부가 교수를 조율했지만 파직만 명한 것이었다.

9월 20일

중종을 모신 어전회의 자리였다. 영사 김수동이 채수의 일을 아뢰었다.

"들으니, 사헌부가 채수의 죄를 교수형에 해당한다고 상소하였다고 들었습니다. 물론 정도를 붙들고 사설을 막아야 하는 대간의 뜻으로는 이와 같이 함이 마땅합니다. 그리고 채수가 만약 스스로 요망한 말을 만들어 인심을 선동시켰다면 사형으로 단죄함이 가하지만, 다만 보고 들은 대로 함부로 지었으니, 이는 해서는 안 될 것을 한 것입니다. 형벌과 상은 중도를 얻도록 힘써야 합니다. 만약 채수가 죽어야 된다면 『태평광기』나 『전등신화』 같은 것들을 지은 자도 모조리 베어야 하겠습니까?"

이에 남곤이 아뢰었다.

"좌도난정률은 법을 집행하는 관리라면 진실로 이와 같이 단죄함이 마땅합니다."

다시 김수동이 아뢰었다.

"채수의 죄가 과연 이 좌도난정률에 합당하다면, 만약 스스로 요망한 말을 지어내는 자는 어떤 율로 단죄하겠습니까? 신의 생각엔 실정과 법이 어긋난 듯합니다."

검토관 황여헌이 아뢰었다.

"채수의 『설공찬전』은 지극한 잘못입니다. 설공찬은 채수의 인척 사람이니, 채수가 반드시 믿어 혹하여 저술하였을 것입니다. 이는 세교에 관계되고 치도에 해로우니, 파직은 실로 너그러운 법이요, 과중한 것이 아닙니다."

12월 15일

중종 임금을 모신 어전회의 자리였다. 그동안 채수의 『설공찬전』을 두고 조정 대신들 간에 옥신각신 입씨름이 있었다. 사헌부의 고집이 이만저만이 아니었다. 중종 임금은 이 문제를 갈무리지어야 했다.

사헌부 이성언이 아뢰었다.

"채수의 일은 전에 사헌부가 잘못 헤아려 사형죄로 조율하였습니다. 그런데 이를 어찌 다시 조율하여 판부를 고칠 수 있겠습니까?"

중종 임금이 결심이 선 듯 말하였다.

"채수가 진실로 죄는 있으나 법률대로 교수하는 것은 지나치다. 이번에 그 아들이 올린 상소문을 보건대 처음부터 부당하게 법조문을 적용하였다. 뒷날에 필경 이것을 끌어다 전례로 삼을 수 있으니 다시 적용하는 것이 좋겠다."

영사 성희안이 아뢰었다.

"법조문에 적용한 채수의 죄가 사실 실정과 다르게 지나치므로 신도 아뢰려고 하였습니다. 역대의 사서에도 괴이한 일들이 씌어 있거니와, 지금의 채수도 우연히 한 것이요, 세상에 전하여 사람들을 미혹하려고 한 것은 아닙니다."

중종 임금은 채수의 일을 일단락 짓고 그해 12월 25일, 채수를 다시 인천군으로 제수하였다.

채수는 쾌재정 정자 앞에서 초승달을 지켜보며 누군가를 기다리고 있었다. 주위가 사뭇 어두웠다. 한겨울이라 밤기운이 제법 쌀쌀했다. 채수는 두터운 도포를 입었다. 곧 사위 김감이 어전회의에서 결정된 소식을 가지고 올 터였다.

늦은 밤, 김감이 쾌재정에 나타나 문안 인사를 올렸다.

"장인어른, 별고 없으신지요. 소식을 기다리실 텐데 늦었습니다."

"올라가시게. 이 늙은이가 남은 일이라고는 이제 죽을 일밖에 더 있겠는가."

채수와 사위 김감은 쾌재정 방에 들었다. 김감은 채수를 향해 큰절을 올렸다. 그는 조정에서 있은 어전회의 소식을 전했다. 사헌부의 고집이 만만치 않았지만 영사 김수동과 성희안 대감이 적극 만류하였다고 전했다. 채수는 사위 김감의 말을 묵묵히 들었다. 자리에서 일어나 방문을 열고 쾌재정 난간에 서서 초승달을 바라봤다.

"하하하."

채수는 한바탕 웃었다. 웃음소리를 따라 하얀 입김이 허공으로 퍼져나갔다.

"티끌 세상 다 버리고 어떻게 살 것인가. 봉래산 꼭대기에서 신선의 벗이나 되려나. 하하하."

부록

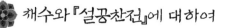
채수와 『설공찬전』에 대하여

김재석

『설공찬전』의 작가 채수(1449~1515)는 조선 전기 성종 때 대사헌을 지낸 인물이다. 세종 31년에 태어나 세조 시기 청소년기를 보내고, 예종 때 과거 급제를 한다. 성종 때 대사헌까지 올랐다. 연산군 때도 주요 직책을 하사받았으나 이 핑계, 저 핑계로 두문불출한다. 중종반정을 겪었고, 이 일을 계기로 『설공찬전』을 집필한다. 1515년중종 10년에 경상도 함창에서 생을 마감한다.

살아 생전에 세조, 예종, 성종, 연산군, 중종까지 5명의 임금을 섬기며, 그 시대를 문인으로 온전히 살아낸 인물이다.

채수가 『설공찬전』을 쓴 이유에 대해서는 여러 궁금증이 있다. 『조선왕조실록』에 필화 사건으로 기록된 책은 오직 『설공찬전』뿐이다. 중종 6년 『설공찬전』은 요서은장률불온서적을 몰래 숨긴 죄로 다스려 모두 불태워졌다. 당시 『조선왕조실록』을 보면 사헌부에서 채수를 교수형에 처해야 한다고 주장한다. 좌도난정률을 적

197

용했다. 중종은 법조문의 잘못 적용을 참작하여 파직만 명한다.

『설공찬전』의 어떤 내용이 좌도난정률에 걸린 것일까? 중종은 어째서 법조문의 잘못 적용을 참작하여 파직만 명한 것일까?

『설공찬전』은 요서은장률에 걸려 당시 원본뿐만 아니라 필사본도 모두 불살라졌다. 1996년에 우연히 발견된 한글 필사본도 전체 내용을 담고 있지 않다. 필사 도중에 미완결된 채였다. 전체 내용을 파악하기는 어렵지만 전반부의 내용 중에 몇 가지는 그 시대 상황과 대척되는 점이 있다.

첫째는 설공찬이 들려주는 저승 이야길 빗대어 '저승에서는 여자라고 해도 글을 알면 좋은 벼슬을 하며 살고 있다.'는 말을 한다. 구체적인 에피소드는 없이, 설공찬의 대사로만 처리되어 있다. 조선 전기는 유교 사상이 뿌리를 내리고 있었고, 남녀의 구별이 엄격했다. 더욱이 여성은 이름도 없었고, 글공부를 시키는 경우도 드물었다. 당연히 벼슬에 나아간다는 것은 상상도 못하는 일이었다.

둘째는 저승 이야기 중에 그나마 대사와 배경 설명이 들어가 있는 에피소드가 있는데, 바로 중국 성화 황제(재위 1464~1487)의 신하가 염라대왕 앞에서 심판받는 내용이다. 성화 황제가 그 신하의 생명을 일 년만 연장해달라는 부탁을 한다. 염라대왕은

'비록 이승에서 황제라고 해도 저승에서 심판관은 나인데…….'
하면서 성화 황제의 부탁을 불쾌하게 생각한다. 오히려 신하의
손을 펄펄 끓는 화탕에 넣으라고 명령한다. 이승에서는 조선도
신하국으로 예를 다하는 대국의 황제지만 저승에서는 염라대왕
보다 못하다는 은근한 뉘앙스를 풍기는 대목이다. 중국을 섬기
는 조선 사대부의 입장에서 보면 상당히 불온한 느낌을 받았을
것 같다. 조선 사대부들은 글을 쓸 때도 마지막에 연도 표기를
하는데, 조선 국왕의 연호가 아닌 중국 황제의 연호를 쓴다.

셋째는 반역을 일으킨 중국의 주전충^{당나라에 반역하여 후량을 창건}
^{한 당의 장군}이라는 자는 저승에 떨어져 고통받고 있다는 마치 증언
같은 이야기를 한다. 이 이야기는 중종반정으로 연산군을 몰아내
고, 임금의 자리에 오른 중종의 역린을 건드릴 수 있는 부분이다.
만약 채수가 그런 마음으로 썼다고 하면 사헌부에서 말한 좌도난
정률로 사형에 처해도 마땅할 것이다.

채수는 성종 때에도 임금에게 이런 간언을 올렸다. 단종 폐위
사건 이후, 세조에 의해 목숨을 잃은 사육신뿐만 아니라, 그 자제
와 친척들도 연좌제로 고역이 이만저만하지 않았다. 채수는 세조
의 손자인 성종에게 그들의 사면을 주장했고, 성종도 채수의 그
충심을 받아들인다. 채수는 반역을 주도하거나, 참여하는 쪽은
아니었지만 온건한 개혁파였다. 할 말은 하는 충신이었다. 어쩌

면 채수는 임금을 인위적으로 폐하는 일이야말로 역으로 좌도난 정률에 해당한다고 생각하고 『설공찬전』을 집필한지도 모른다.

그런데 중종은 이런 내용을 담고 있는 『설공찬전』을 어째서 법 조문의 과노한 적용이라며 정상을 참작하여 파직만 명했을까?

여기엔 채수의 묘수가 있었다. 죽은 설공찬이 전해 준 말을 마치 그대로 받아쓰기만 했을 뿐이라는 것이다. 『설공찬전』을 놓고 벌인 어전회의에서도 대신들 간에 논란이 되었던 것은 직접 쓴 이야기인가, 아니면 단지 전해 들은 이야기인가 하는 논쟁이었다. 전해 들은 이야기에 사형을 적용하는 것은 이와 비슷한 전기 소설도 많은데 과하다는 취지였다.

채수에게 설공찬은 생질녀서 설충란의 아들이다. 순창에 사는 설충란과는 서로 왕래가 있었을 것으로 여겨지지만 좀 먼 집안 관계이다.

설공찬은 20세에 사망했고, 5년 후에 그의 사촌 설공침의 몸에 빙의하여 그가 겪은 원한과 저승 이야기를 들려주었다. 만약 채수가 전해 들었다고 하면 죽은 설공찬이 아닌 그의 아버지인 설충란에게 들은 이야기일 것이다.

채수는 정통적 유교 사상을 가지고 있었고, 그는 과거 시험에서도 귀신은 단지 음양이 행하는 것으로, '귀'란 음의 기운이고, '신'이란 양의 기운으로 인과응보를 받는 인격체가 아니라고 기술했다. 그런 그가 귀신 이야기에 혹했다는 점도 눈여겨볼 부분이

다. 채수는 열일곱 살 때 귀신 체험을 한다. 부친을 따라 경산에 갔는데, 그때 밤에 희끄무레하고, 둥글기가 마치 수레바퀴 같은 불빛에 막냇동생이 닿아 급사한 일이 일어난다.

채수의 몸에도 닿았지만 아무런 해를 입지 않았다. 그때 겪은 충격적인 귀신 체험이 그의 귀신관에 영향을 주었다. 과거 시험 답안지에는 유교 사상을 대변했지만 마음으로는 불교나 도교의 저승관에 가까웠다고 봐야 할 것이다. 아마 이 단서도 채수가『설공찬전』을 창작한 비밀을 해명하는 이유가 될 것이다.

채수의『설공찬전』은 당시로서는 센세이션을 일으키며 베스트셀러가 되었다. 한문 필사본뿐만 아니라 한글로도 필사되어 일반 대중에게 널리 읽혔다. 다만 현재는 그 완본이 전해지지 않은 까닭에 국문학적인 의의는 크지만, 문학적으로는 제대로 대접받고 있지 않다. 우리나라 최초의 한글 소설이라는『홍길동전』보다 무려 100년이나 앞서 나온 채수의『설공찬전』은 꼭 재조명되어야 한다.

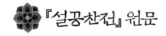 『셜공찬젼』 원문

이복규

(설공찬전의 이해 〈지식과 교양, 2018년〉에서 발췌.)

『설공찬전』 국문본의 원문

- 띄어쓰기만 현재 맞춤법에 따라 하고 여타는 원문 그대로 하였음.

- □ 부분은 판독할 수 없는 부분임.

- (?) 부분은 판단하기 곤란한 글자임.

- [ ] 부분은 원문 필사자가 주석을 달아 놓은 대목임.

▌1쪽

셜공찬이

녜 슌챵의셔 사던 셜튱난이는 지극흔 가문읫 사룸이라 ㄱ장 가옴여더니 제 흔 ᄯᆞᆯ이 이셔 셔방 마즈니 무ᄌᆞ식ᄒᆞ야셔 일 죽고 아이 이쇼ᄃᆡ 일홈이 셜공찬이오 이명은 슉동이러니 져믄 적브터 글ᄒᆞ기를 즐겨 한문과 문

장 제법을 쇠 즐겨 넑고 글스기를 ㄱ장 잘ᄒ더니 갑ᄌ년의 나히 스믈히

로듸 댱가 아니 드럿더니 병ᄒ야 죽겨놀 셜공찬의 아바님 예엇브 너겨

신쥬 밍그라 두고 됴셕의 미일 우러 졔ᄒ더니 병인년의 삼년 디나거놀

아바님이 아이똘ᄃ려 닐오듸 주근 아ᄃ리 댱가 아니 드려셔 주그니 졔

신쥬 머기리 업스니 구쳐 무ᄃ리로다 ᄒ고 홀논 머리 짜뎟다가 졔 분토

겨퇴 뭇고 하 셜워 닐웨룰 밥 아니 먹고 셜워ᄒ더라 셜튱난의 아이 일홈

은 셜튱쉬라 튱쉬 아ᄃ리 일홈은 공팀이오 ᄋ명은 업동이니 셔으론셔 업

살고 업죵의 아이 일홈은 업동이니 그는 슌창셔 사더니 업동이논 져머셔

브터 글을 힘서 비호듸 업동과 반만도 몯ᄒ고 글스기도 업동이만 몯ᄒ더

라 졍덕 무신년 칠월 스므닐웬날 히 딜 대예 튱쉬 집이 올졔 인논 아히 힝

금가지 닙홀 혀더니 고ᄋ 겨집이 공듕으로셔 ᄂ려와 춤추거놀 기동

이 ㄱ장 놀라 졔 지집의 계유 드려가니 이윽고 튱쉬 집의셔 짓궐 소릐 잇

거놀 무르니 공팀이 뒷가니 갓다가 병 어더 다히 업더뎌다가 ㄱ장 오라

게야 인긔룰 ᄎ려도 긔운이 미치고 놈과 다르더라 셜튱쉬 마춤 싀골 갓

거놀 즉시 죵이 이련 줄을 알왼대 튱쉬 울고 올라와 보니 병이 더옥 디

터 그지업시 셜워ᄒ거놀 엇디 이려ᄒ거뇨 ᄒ야 공팀이ᄃ려 무룬대 좀 〃

203

ᄒ고 누어셔 디답 아니ᄒ거ᄂᆞᆯ 제 아바님 슬하뎌 울고 의심ᄒ니 요괴로온
귓거시 빌믜 될가 ᄒ야

도로 김셕산이ᄅᆞᆯ 쳥□□ [셕산이ᄂᆞᆫ 귓궛애 ᄒᄂᆞᆫ 방밥ᄒᄂᆞᆫ 사□이다라]
셕산이 와셔 복셩화 나모채로 ᄀᆞ리티고 방법ᄒ여 부작ᄒ니 그 귓저시 니
ᄅᆞ디 나ᄂᆞᆫ 겨집이모로 몯 이긔여 나거니와 내 오라비 공찬이ᄅᆞᆯ ᄃᆞ려오리
라 ᄒ고 가셔 이옥고 공찬이 오니 그 겨집은 업더라 공찬이 와셔 제 ᄉᆞ촌
아ᄋᆞ 공팀이ᄅᆞᆯ 븟드러 입을 비러 닐오ᄃᆡ 아ᄌᆞ바님이 빅단으로 양지ᄒ시
나 오직 아ᄌᆞ바님 아ᄃᆞᆯ 샹홀 ᄲᅮᆫ이디위 나ᄂᆞᆫ ᄆᆞ양 하ᄂᆞᆯ ᄀᆞᄋᆞ로 ᄃᆞ니거든
내 몸이야 샹홀 주리 이시리잇가 ᄒ고 ᄯᅩ 닐오ᄃᆡ ᄯᅩ 왼 ᄉᆞᆺ 쇼와 집문 밧
ᄭᅳ로 두루면 내 엇디 들로 ᄒ여ᄂᆞᆯ 튱시 고디듯고 그리ᄒᆞᆫ대 공찬이 웃고
닐오ᄃᆡ 아ᄌᆞ바님이 하 ᄂᆞ믜 말을 고디드르실ᄉᆡ 이리ᄒ야 소기ᄋᆞ온이 과
연 내

슐듕이 바디시거이다 ᄒ고 일로브터ᄂᆞᆫ 오명가명ᄒ기ᄅᆞᆯ 무샹ᄒ더라
공찬의 넉시 오면 공팀의 ᄆᆞ옴과 긔운이 아이고 믈러 집 뒤 슬고나모 명
ᄌᆞ애 가 안자더니 그 넉시 밥을 ᄒᄅᆞ 세번식 먹으ᄃᆡ 다 왼손으로 먹거ᄂᆞᆯ
튱쉬 닐오ᄃᆡ 예 아래 와신 제ᄂᆞᆫ 올훈손으로 먹더니 엇디 왼손로 먹ᄂᆞᆫ다
ᄒ니 공찬이 닐오ᄃᆡ 뎌싱은 다 왼손으로 먹ᄂᆞ니라 ᄒ더라 공찬의 넉시

204

나면 공팀의 ᄆᆞᆷ 즈연ᄒᆞ야 도로 드러안잣더니 그러ᄒᆞᄆᆞ로 하 셜워 밥을
몯 먹고 목노하 우니 옷시 다 젓더라 제 아바님ᄭᅴ 솔오ᄃᆡ 나ᄂᆞᆫ ᄆᆡ일 공찬
의게 보채여 셜워이다 ᄒᆞ더니 일로브터ᄂᆞᆫ 공찬의 넉시 제 문뎜의 가셔
계유

  □돌이러니 튱쉬 아돌 병ᄒᆞᄂᆞᆫ 줄 셜이 녀겨 ᄯᅩ 김셕산의손ᄃᆡ 사ᄅᆞᆷ 브
러 오라 ᄒᆞᆫ대 셕산이 닐오ᄃᆡ 쥬사 ᄒᆞᆫ 냥을 사 두고 나ᄅᆞᆯ 기돌오라 내 가
면 녕혼을 제 무뎜 밧긔도 나디 몯ᄒᆞ리라 ᄒᆞ고 이 말을 ᄆᆞ이 닐러 그 영
혼 들리라 ᄒᆞ여놀 브린 사ᄅᆞᆷ이 와 그 말ᄉᆞᆷ을 ᄆᆞ이 니른대 공찬의 넉시 듯
고 대로ᄒᆞ야 닐오ᄃᆡ 이러투시 나ᄅᆞᆯ ᄲᅩ로시면 아즈바님 혜용을 변화호링
이다 ᄒᆞ고 공팀의 ᄉᆞ시ᄅᆞᆯ 왜혀고 눈을 ᄲᅳ니 즈의 ᄭᅵ야지고 ᄯᅩ 혀도 푸 배
여내니 고 우희 오ᄅᆞ며 귓뒷겨퇴도 나갓더니 늘근 죵이 겨틔셔 병 구의
ᄒᆞ다가 ᄭᅢ온대 그 죵조차 주것다가 오라개야 ᄭᅵ니라 공팀의 아바님이 하

  두러 넉슬 일혀 다시 공찬이 향ᄒᆞ야 비로디 셕산이ᄅᆞᆯ 노여 브ᄅᆞ디 말
마 ᄒᆞ고 하 비니 ᄀᆞ장 오라긔야 얼굴이 잇더라 ᄒᆞᆯ론 공찬이 유무ᄒᆞ야 ᄉᆞ
촌 아ᄋᆞ 셜워와 윤즈신이와 둘흘 홈긔 블러오니 둘히 홈긔 와 보니 당시
공찬의 넉시 아니 왓더라 공팀이 그 사ᄅᆞᆷᄃᆞ러 닐오ᄃᆡ 나ᄂᆞᆫ 병ᄒᆞ야 주그
련다 ᄒᆞ고 이윽이 고개 ᄶᅡ디여셔 눈믈을 흘리고 벼개예 눕거놀 보니 그

205

녕혼이 당시 몯 미쳐 왓더니 이윽고 공팀의 말이 フ장 졀커눌 제 아바님이 닐오듸 녕혼이 쏘 오도다 ᄒ더라 공팀이 기지게 혀고 니러안자 머리 긁고

▌8쪽

그 사ᄅᆞᆷ 보고 닐오듸 내 너희와 닐별ᄒᆞ연 디 다ᄉᆞᆺ ᄒᆡ니 ᄒᆞ마 머리조쳐 셰니 フ장 슬픈 ᄠᅳ디 잇다 ᄒᆞ여ᄂᆞᆯ 뎌 사ᄅᆞᆷ이 그 말 듯고 하 긔특이 너겨 뎌싱 긔별을 무론대 뎌싱 말을 닐오듸 뎌싱은 바다섭이로듸 하 머러 에셔 게 가미 ᄉᆞ십 니로듸 우리 돈로모 하 쏠라 예셔 슐시예 나셔 ᄌᆞ시예 드려가 튝시예 셩문 여러든 드러가노라 ᄒᆞ고 쏘 닐오듸 우리나라 일훔은 단월국이라 ᄒᆞ니라 듕국과 제국의 주근 사ᄅᆞᆷ이라 이 ᄯᅡ해

▌9쪽

모둔니 하 만ᄒᆞ야 수를 혜디 몯ᄒᆞ니라 쏘 우리 님금 일훔은 비사문텬왕이라 므롯 사ᄅᆞᆷ이 주거눌 졍녕이 이싱을 무로듸 네 부모 동싱 족친ᄃᆞᆯ 니르라 ᄒᆞ고 쇠채로 티거든 하 맛디 셜워 니르면 칙 샹고ᄒᆞ야 명이 진듸 아녀시면 두고 진ᄒᆞ야시면 즉시 년좌로 자바가더라 나도 주겨 졍녕이 자펴가니 쇠채로 텨 뭇거눌 하 맛디 셜워 몬져 주근 어마니과 누으님을 니르니 쏘 티려커눌 증조 셜위시긔 가 유무 바다다가 フ움아ᄂᆞᆫ 관원의게 명ᄒᆞ니 노터라 셜위도 예셔 대소셩ᄒᆞ엿(?)더(?)

206

디(?)시피 뎌싱의 가도 됴흔 벼슬 ᄒ고 잇더라 아래 말을 여긔 ᄒ되 이 싱이셔 어진 지샹이면 쥬거도 지샹으로 ᄃᆞ니고 이싱애셔 비록 녀편네 몸 이리도 잠간이나 글곳 잘ᄒ면 뎌싱의 아ᄆᆞ란 소임이나 맛ᄃᆞ면 굴실이 혈 ᄒ고 됴히 인ᄂᆞ니라 이싱애셔 비록 훙죵ᄒ여도 님금긔 튱신ᄒ면 간ᄒ다 가 주근 사ᄅᆞᆷ이면 뎌싱애 가도 됴흔 벼슬ᄒ고 바록 예셔 님금이라도 쥬 젼튱ᄀᆞ튼 사ᄅᆞᆷ이면 다 디옥의 드렷더라 쥬젼튱 님금이 이ᄂᆞᆫ 당나라 사ᄅᆞᆷ 이라 격션곳 만히 훈 사ᄅᆞᆷ이면 예셔 비록 쳔히 ᄃᆞ니다가도 ᄀᆞ장 품

노피 ᄃᆞ니더라 셜이 아니ᄒ고 예셔 비록 존구히 ᄃᆞ니다가도 격블션곳 ᄒ면 뎌싱의 가도 슈고로이 어엿비 ᄃᆞ니더라 이싱애셔 존구히 ᄃᆞ니고 놈 의 원의 일 아니ᄒ고 악덕곳 업ᄉᆞ면 뎌싱의 가도 구히 ᄃᆞ니고 이싱애셔 사오나이 ᄃᆞ니고 각별이 공덕곳 업ᄉᆞ면 뎌싱의 가도 그 가지도 사오나이 ᄃᆞ니더라 민휘 비록 이싱애셔 특별훈 힝실 업서도 쳥념타 ᄒ고 게 가 됴 흔 벼슬ᄒ엿더라 염나왕 인ᄂᆞᆫ 궁궐이 장대ᄒ고 위엄이 ᄀᆞ장 셩ᄒ니 비록 듕님금이라도 밋디 몯ᄒ더라 염나왕이 스쥬ᄒ면 모든 나라 님금과 어진 사ᄅᆞᆷ이나 ᄂᆞ러니 안치고 녜악을 쓰더라 쏘 거긔 안존

사ᄅᆞᆷ돌 보니 셜위도 허(?)리□□안고 민희ᄂᆞᆫ 아래로서 두어재ᄂᆞᆫ 안잣

더라 홀론 션화황뎨 신하 애박이롤 염나왕긔 브려 아ᄆᆞᄂᆞ 나의 ㄱ장 어

엿비 너기ᄂᆞ 사ᄅᆞᆷ이러니 ᄒᆞᆫ 힝만 자바오디 마ᄅᆞ쇼셔 쳥ᄒᆞ여ᄂᆞᆯ 염나왕이

닐오ᄃᆡ 이ᄂᆞ 텬ᄌᆞ의 말ᄉᆞᆷ이라 거스디 몯ᄒᆞ고 브드이 드롤 거시어니와 ᄒᆞᆫ

힝ᄂᆞ 너모하니 ᄒᆞᆫ 둘만 주노이다 ᄒᆞ여ᄂᆞᆯ 애바기 다시 ᄒᆞᆫ 힝만 주쇼셔 ᄉᆞᆯ

와ᄂᆞᆯ 염나왕이 대로ᄒᆞ야 닐오ᄃᆡ 황뎨 비록 텬진둘 사ᄅᆞᆷ 주기며 사ᄅᆞ며

ᄒᆞ기ᄂᆞ 다 내 권손의 다 가졋거ᄂᆞ 엿디 다시곰 비러 내게

▌13쪽

청홀 주리 이시료 ᄒᆞ고 아니 듯거ᄂᆞᆯ 셩ᄒᆡ 드ᄅᆞ시고 즉시 위의 ㄱ초시

고 친히 가신대 염나왕이 자내ᄂᆞ 븍벽의 쥬홍ᄉᆞ 금교이 노코 안고 황뎨

란 남벽의 교상의 안치고 황뎨 청ᄒᆞ던 사ᄅᆞᆷ을 즉시 자바오라 ᄒᆞ여 닐오

ᄃᆡ 이 사ᄅᆞᆷ이 죄 듕코 말을 내니 그 손이 샬리 ᄉᆞᆯ물□라 ᄒᆞ니 셩화 황뎨

(皇帝)

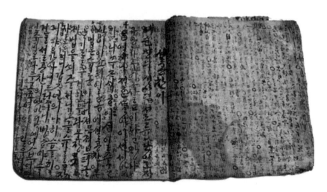

『설공찬이』 원본

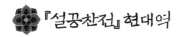 『설공찬전』 현대역

이복규

(설공찬전의 이해 〈지식과 교양, 2018년〉에서 발췌.)

설공찬의 혼령이 공침의 몸에 들어오다

옛날 전라도 순창 땅에 설충란이라는 사람이 살고 있었다. 설충란의 집안은 대대로 양반이었고 살림도 매우 부유하였다. 설충란에게는 딸 하나와 아들 하나가 있었다. 그러니 남부러울 것이 없는 집이었다.

그런데 시집간 딸이 자식도 낳지 못하고 일찍 죽었다. 남은 아들의 이름은 설공찬이었다. 설공찬의 아이 때 이름은 숙동이었는데, 어릴 때부터 글공부를 좋아하였다. 한문으로 된 책들을 매우 즐겨 읽고, 특히 글 짓는 방법을 다룬 책을 열심히 읽어 글쓰기를 참 잘하였다. 그대로 가면 과거에도 급제하고 가문을 빛낼 아들이었다.

하지만 이게 웬일인가. 갑자년1504년, 공찬의 나이 스물이 되던 해, 과거도 안 보고 장가도 들지 않았는데, 그만 병들어 죽고 말았다. 아버지 설충란은 아들이 불쌍해서 신주를 만들어두고, 아침저녁으로 매일 울면서 제사 지내었다.

병인년1506년, 공찬이 죽은 지 만 2년이 되는 해, 즉 삼년상을 마치는 해였다. 설충린은 삼년상이 끝나자 조카딸한테 말하였다.

"공찬이가 장가도 들지 못하고 죽어서 그 신주한테 제삿밥 먹여줄 사람이 없다. 그동안은 내가 제삿밥을 먹었다만, 이제 어쩔 수 없다. 신주를 땅에 묻어야겠어."

그래도 신주를 집에서 내보내는 게 안타까워 망설이다가, 하루는 설충란이 결심하였다. 신주를 고이고이 싸서 멀찍이 두었다가 마침내 공찬의 무덤 곁에 묻었다. 설충란은 너무나 슬픈 나머지, 집에 돌아와 이레 동안이나 밥을 먹지 않고 서러워만 하였다.

설충란에게는 남동생이 하나 있었다. 그 이름은 충수였다. 충수에게는 아들이 둘 있었는데, 큰아들의 이름은 공침이었고 아이 때 이름은 업동이었다. 공침은 부모님과 떨어져 서울에서 살고 있었다. 공침의 남동생 이름은 업종이었는데 부모님과 함께 순창에서 살았다. 공침은 어렸을 때부터 글을 힘써서 배웠지만 동생인 업종이의 반만도 못하였다. 글쓰기 실력도 동생만 못하였다.

정덕 무진년1508년 7월 27일 해 질 무렵, 공침이 오랜만에 순창에 있는 아버지 집에 들르러 와 있을 때였다. 이웃집 아이가 개암나무 잎사귀를 당기고 있는데, 예쁜 여자가 공중에서 사뿐히 내려와 춤을 추는 게 아닌가. 그 아이가 너무나 놀라서 집 안으로 뛰어 들어갔다. 문을 잠그고 가만히 있었더니, 이윽고 설충수의 집에서 많은 사람이 떠들썩하게 이야기하는 소리가 들려왔다. 무슨 소린가 들어 보니 이랬다.

"공침이가 뒷간에 갔다가 갑자기 병이 들었대. 땅에 엎어져서 아주 한참 만에야 기운을 차렸지만, 미쳐버려서 완전히 다른 사람같이 되었다나 봐."

그때 공침의 아버지 설충수는 마침 볼일이 있어 시골에 내려가 있다가, 종이 달려와 이 사실을 알려주어서 비로소 알았다. 설충수가 울면서 급히 올라와 보니, 공침의 병이 아주 깊어 있었다. 설충수는 아들이 불쌍하여 한없이 서러워하였다.

"공침아, 어쩌다가 네가 이렇게 되었단 말이냐?"

공침한테 이렇게 물었으나, 공침은 잠잠히 누운 채 아무런 대답도 하지 않았다. 아버지 설충수는 그런 공침이 곁에 쓰러져 울다가 문득 이런 의심이 들었다.

'그냥 두면, 요사스러운 귀신이 틈타서 들어올지도 몰라.'

귀신 쫓는 사람을 불러다 설공찬의 혼령을 쫓으려 하다

이렇게 생각한 설충수는 김석산을 집으로 불렀다. 김석산은 귀신을 쫓아내는 사람이었다. 김석산은 오자마자 복숭아 나무채로 공침의 몸을 후려치고 주문을 외며 공침의 이마에다 부적을 붙였다. 그러자 그 귀신이 이렇게 말하였다.

"나는 여자라서 이기지 못하고 나간다. 내 남동생 공찬이를 데려오겠다."

이 말을 마치자, 공찬의 혼령이 왔고, 그 여자 귀신은 사라졌다.

공찬의 혼령이 와서 사촌 동생 공침이한테 붙었다. 공찬이 공침의 입을 빌려 이렇게 말하였다.

"숙부님, 어떻게는 저를 쫓아내려고 애쓰시는군요. 하지만 숙부님의 아들 공침이 몸만 다칠 뿐입니다. 저는 늘 하늘 가장자리로 다니는데 제 몸이 상할 리가 있겠습니까?"

그러고는 이렇게 말하였다.

"왼새끼를 꼬아 집 문밖에 둘러놓으면 제가 어찌 들어올 수 있겠습니까?"

설충수가 그 말을 곧이듣고 그렇게 하자 공찬이 웃으며 말하였다.

"숙부님이 남의 말을 너무 쉽게 곧이들으시기 때문에 한번 속여보았습니다. 역시 내 꾐수에 빠지셨네요."

설공찬의 혼령은 그때부터 공침의 몸에 마음대로 왔다 갔다 하였다.

공찬의 넋이 들어오면 공침의 마음과 기운은 빼앗겼다. 공찬의 넋이 들어가면 공침은 물러가서 집 뒤 살구나무 정자에 가서 앉았다.

공찬의 넋이 들어간 공침이 밥을 하루 세 번씩 먹는데, 언제나 왼손으로만 먹었다. 왼손잡이가 아닌 공침이가 왼손으로 밥 먹는 것이 이상해서, 설충수가 물어보았다.

"공침아, 네가 예전에 왔을 때는 오른손으로 밥을 먹더니 왜 왼손으로 먹느냐?"

공찬의 혼령이 대답하였다.

"저승에서는 다 왼손으로 먹습니다."

공찬의 넋이 나가면 공침의 마음이 제대로 되어 도로 집에 들어와서 앉았다. 그리고는 너무나 서러워서 밥을 못 먹고 목 놓아 울어 옷이 다 젖을 정도였다.

공침이 아버지 충수에게 말하였다.

"저는 매일 공찬이한테 부대끼고 있습니다. 서러워 죽겠습니다."

그러자 그때부터는 공찬의 넋이 제 무덤으로 되돌아갔다.

설충수는 아들이 병 앓는 것을 서럽게 여겨 다시 심부름꾼을 시켜서 김석산을 오라고 하였다. 김석산이 와서 말하였다.

"주사 한 냥을 사서 두고 나를 기다리시오. 내가 가면 그 영혼이 제 무덤 밖에도 나오지 못할 것이오. 이 말을 크게 외쳐서, 그 영혼이 듣도록 하시오."

김석산이 보낸 심부름꾼이 공찬에게 와서 그 말을 여러 번 크게 하였다. 그 말을 공찬의 넋이 듣고 크게 노하여 말했다.

"정말 이러실 건가요? 이렇게 저를 괴롭히시면 숙부님의 얼굴을 확 바꾸어버리겠습니다. 먼저 숙부님 아들의 얼굴부터 본때를 보여드리겠습니다."

말이 끝나자마자, 공찬이가 공침의 사지를 비틀고 눈을 빼내서 눈자위가 찢어졌다. 그뿐만이 아니었다. 혀도 파서 빼어 내었다. 그러자 혓바닥이 코 위에 오르며 귀의 뒷부분까지도 뻗쳤다. 설충수가 곁에서 간호하던 늙은 종을 깨웠더니 그 종도 까무러쳤다가 한참 만에야 깨어났다.

그 모습을 지켜보던 설충수가 몹시 두려워 넋을 잃어버린 채. 다시금 공찬이를 향하여 빌었다.

"얘야, 김석산이를 돌려보내고 다시는 부르지 않으마."

여러 번 그렇게 말하며 빌자, 한참 만에야 공침의 얼굴이 본디 모습으로 되돌아왔다.

설공찬의 혼령이 저승 소식을 들려주다

하루는 공찬이가 편지를 보내 사촌 동생 설원도 부르고, 윤자신이도 불렀다. 두 사람이 함께 가보니, 아직 공찬의 넋이 오지 않은 때였다.

공침이 설원과 윤자신한테 말하였다.

"아무래도 나는 이대로 병들어 죽고 말 것 같아."

그러면서 고개를 빼어 눈물을 흘리며 베개를 벤 채 누워 있었다. 공찬의 영혼은 아직 오지 않고 있었다. 그러다가 공침의 말소리가 아주 끊어질 것처럼 희미해졌다. 그때 그 아버지가 소리쳤다.

"공찬의 영혼이 또 오고 있구나."

공찬의 넋이 들어오자, 공침이 기지개를 켜고 일어나 앉았다. 머리를 긁고 나서, 설원과 윤자신이더러 이렇게 말하였다. 공찬의 음성이었다.

"내가 너희와 이별한 지 다섯 해나 되었지. 이제 멀리 떨어져 저승에 가 있으니 매우 슬프다."

설원과 윤자신이 공찬의 그 말을 듣고 매우 기이하게 여겨, 이렇게 물어보았다.

"공찬아, 네가 있는 저승은 어떤 곳인지 궁금하구나. 저승 소식 좀 들려줄래?"

공찬이 다음과 같이 저승 이야기를 들려주었다.

"얘들아, 저승이 어디에 있는지부터 말해줄게. 저승은 바닷가에 있어. 여기에서 꽤 멀어. 여기서 거기까지의 거리가 40리야. 우리는 매우 빠르게 다니기 때문에, 여기에서 술시에 나서면 자시에 들어가서, 축시에 성문이 열려 있으면 들어가."

그러고는 저승의 이름, 그곳에서 겪은 일을 이야기하였다.

"우리나라 이름은 단월국이라고 해. 중국을 비롯해서 모든 나라의 죽은 사람이 다 이곳에 모이지. 그 숫자가 너무 많아서 모두 얼마나 되는지는 셀 수가 없어. 우리 임금의 이름은 비사문천왕이야.

육지의 사람이 죽어서 들어오면 반드시 이승에서 누구와 어떻게 살았는지 물어봐. '네 부모와 형제와 친척들이 누군지 말해보라.'며 쇠채찍으로 쳐. 맞는 것이 서러워서 울면, 사람의 수명을 적은 책을 펼쳐 놓고 살펴봐. 그래서 수명이 다하지 않았는데 잘못 잡혀왔으면 그냥 두고, 수명이 다해서 잡혀왔으면 곧장 연좌부 처님이 앉는 자리로 잡아가버려. 나도 죽은 다음에 꼼짝없이 잡혀갔는데, 쇠채찍으로 치며 묻는 거야.

'네 부모와 형제와 친척이 누구냐?'고 말야. 내가 매 맞는 게 너무 서러워서 먼저 돌아가신 우리 어머니와 누님의 이름을 댔더니, 또 치려고 하는 거야. 그래서 먼저 와 계신 증조부 설위 님의 부탁 편지를 받아다가 관리한테 갖다주었더니 그제야 나를 놓아주었어. 우리 증조부 설위 님은 이승에서 대사성 벼슬을 하셨는데, 저승에 가서도 좋은 벼슬을 하고 계셨어."

설원과 윤자신은 그 말을 듣고 신기하기만 하였다. 그래서 이렇게 물었다.

"이승과 저승은 어떤 게 다른 거야? 거기에서 보고 들은 이야기를 더 해줘."

그러자 공찬이 계속해서 저승의 소식을 말해주었다.

"이승에서 어진 재상이었으면 죽어 저승에서도 재상 벼슬을 그대로 하고 있어. 그리고 이승에서는 여성은 글공부도 안 시키고 벼슬도 안 주잖아? 저승은 달라. 글 읽고 쓰는 실력만 있으면 여성도 벼슬을 하여 잘 지내.

이승에서 제명대로 살지 못하고 죽은 영혼들 가운데, 임금님께 충성스러운 마음으로 바른말 하다가 죽은 사람은 저승에 가서는 좋은 벼슬을 하고 있었어. 이승에서 임금 노릇을 했더라도 주전 충처럼 반역을 일으켜 임금이 된 자는 다 지옥에 들어가 있었어.

주전충이 누군지 알지? 원래는 당나라 장군인데 반역을 일으 켜 양나라를 세워 임금이 된 사람이지. 그리고, 적선을 많이 한 사람은 이승에서 천한 신분으로 지냈더라도 저승에서는 높은 신 분이 되어 뽐내면서 다녀. 이승에서 서럽게 살지 않고 존귀하게 살았더라도 악을 쌓았으면 저승에 가서 고달프고 불쌍하게 살게 돼. 이승에서 존귀하게 살면서 남한테 원한 살 만한 일을 하지 않 고 악하게 굴지 않았으면 저승에 가서도 귀하게 살아.

이승에서 남한테 모질게 하고 아무런 공덕도 쌓은 게 없으면, 저승에서 그 자손들이 험하게 살게 돼. 민후라고 있지? 그분이 이승에서 살 때 특별히 공을 세운 것은 없었어도 평생 청렴하게 사셨잖아? 저승에 가서 보니 좋은 벼슬을 하고 있었어. 우리 염 라대왕 계신 궁궐은 장대하고 위엄이 대단해.

이 세상에서 가장 큰 나라인 중국의 임금이 있는 궁궐은 여기 에 비교하면 어림도 없어. 염라대왕이 한번 명령을 내리면 모든 나라의 임금과 어진 사람들이 다 나오는데, 그 앞에 질서 있게 앉 히고 예악예법에 맞는 음악을 연주하지. 염라대왕 앞에 앉은 사람들을 보니, 우리 증조부 설위 님은 중간쯤에 앉아 계시고 민후는 아래에서 두어 자쯤에 앉아 있더군.

저승에서 있었던 사건 하나 말해줄까? 하루는 이런 일이 있었어. 중국의 성화 황제가 아끼는 신하 하나가 저승사자의 손에 이끌려서 저승으로 잡혀 왔어. 그러자 성화 황제가 신하인 애박이를 염라대왕께 보내서 이렇게 부탁했어. '방금 잡혀간 아무개는 내가 가장 아끼는 사람입니다. 그러니 딱 1년만 더 살게 해주세요.' 이렇게 요청했어. 그랬더니, 염라대왕이 뭐랬는 줄 알아? '천자가 특별히 부탁하는 것이니 거절할 수가 없군요. 하지만 1년은 너무 깁니다. 한 달만 살려 주지요.'

그러자 애박이가 요청했지. '1년으로 해주소서.' 그 말을 들은 염라대왕이 벌컥 화를 내면서 말했어. '황제가 비록 천자이지만, 사람을 죽이고 살리고 하는 일은 다 내 권한에 속하는 일이야. 그런데 어찌 거듭해서 나한테 이래라저래라 할 수가 있단 말인가?'

이러면서 그 부탁을 들어주지 않았다. 이승에 있던 성화 황제가 그 말을 듣고는 곧바로 예복을 갖추어 입고 신하들을 거느려 직접 염라대왕한테 왔어. 염라대왕 자신은 북쪽 벽 앞에 금으로 만든 의자를 놓고 앉고, 황제는 보통 의자에 앉게 하고는, 황제가 봐주라는 그 사람을 즉시 잡아오게 하더군. 그러고는 엄한 목소리로 이렇게 말했어.

'이 사람이 지은 죄가 아주 무겁고 게다가 그 비밀을 함부로 까

발렸으니 그 손을 빨리 솥에 넣고 삶아라.' 성화 황제가 이승에서는 최고로 힘이 세지만, 저승의 염라대왕은 황제의 부탁을 들어주지 않은 거야. 오히려 그 앞에서 그 아끼는 신하에게 벌을 내린 것이지."

〔이렇게, 설공찬의 혼령은 공침의 입을 빌려서, 저승에서 보고 들은 이야기를 계속해서 많이 해주었다. 무려 3개월이나 이승에 머무르면서 아주 자세하게 이야기하였다.

나는 저승 소식을 적되, 설공찬이가 한 말 그대로, 글자 하나도 고치지 않고 똑같이 썼다. 이 이야기가 꾸며낸 게 아니라 다 사실이라고 모두가 믿을 수 있도록 그렇게 하였다.〕〔 〕부분은 원문에는 없으며, 어숙권의 『패관잡기』라는 책에 적힌 『설공찬전』의 마지막 부분을 다듬어 첨가하였다.

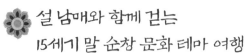

설 남매와 함께 걷는 15세기 말 순창 문화 테마 여행

사진 제공_ⓒ 순창 군청

① 설공찬 생가(금과면 매우리)
② 백정 정자
③ 마암 들판
   (금과 들소리-모내기 노동요)
④ 아미산
⑤ 광덕산 부도암(강천산 강천사)
⑥ 성황당
⑦ 귀래정
⑧ 동헌(옛 순창 군청)
⑨ 순창 향교
⑩ 대모산성

『설공찬이』는 15세기 말(1490년대) 순창의 가장 빛났던 한 시절로 돌아가게 합니다.

채수가 쓴『설공찬전』의 주 무대가 된 순창은 당시 고려 시대부터 국가 제사로 지내온 성황제가 음력 5월 초순 단오제 행사 때 성대하게 치러졌습니다.

귀래정 현판

'귀래정'에서는 신말주 선생과 많은 선비들이 시문을 나누었고, 신말주 선생의 정부인인 설 씨 부인은 강천산 절의 재건을 위해 쓴 『권선문』으로 조선 시대 여류 문인의 한 족적을 남겼습니다. 설공찬이 태어난 마암 동네(금과면 매우리) 앞

넓은 들에서는 들소리(모내기 노동요. 전북 무형문화재 제32호)가 불러지기 시작했습니다. 그 시절 순창의 문화를 찾아 『설공찬이』에 등장하는 설공찬, 설초희 남매와 함께 테마 여행을 떠나볼까요.

모내기 노동요   설공찬전테마관(금과면 매우리)

1. 설공찬 생가

순창 마암 마을(현재는 금과면 매우리)에 설공찬 생가가 있었습니다. 현재 집은 없고, 생가 터로 추정되는 흔적만 남아 있습니다. 그래도 『설공찬이』에 나오는 설공찬의 아버지 설충란의 무덤은 남아 있습니다. 설 씨 가문의 족보를 보면 아버지 설충란까지는 나오는데 정작 소설 속의 주인공인 '설공찬'은 족보에 명확히 나오지 않습니다. 가공의 인물일까요. 실제로 존재한 인물일까요? 저도 『설공찬이』를 쓰면서 늘 궁금했습니다.

2. '백정' 정자

설공찬이 어릴 때부터 사촌 형제들과 한문을 배우던 장소입니다. 대사성(성균관의 으뜸 벼슬)을 지낸 설공찬의 증조할아버지 설위가 지은 정자입니다. 옛 선비들은 집 뒤편 산언덕에 자신의 이름을 딴 정자를 짓고 선비들을 불러 시문을 짓거나, 어린 자녀들을 가르치기도 했다고 하네요.

이 소설에서도 어린 시절 설공찬이 아버지 설충란에게 천자문을 배우는 서당으로 나옵니다.(31쪽) 설공찬과 사촌 형제들은 이곳에서 조선 시대 사대부 자제가 즐겼던 '승경도' 놀이를 합니다.(132쪽) 조선 시대 벼슬 놀이라고 해두죠. 최고 벼슬인 영의정이나 도원수까지 누가 먼저 올라가는가 윤목(주사위)을 던져 내기를 합니다. 여러분도 한번 '승경도'로 놀아볼까요?

3. 순창 농요 '금과 들소리'

모내기 때 부르는 노동요입니다. 지금으로부터 약 500년 전, 15세기 말부터 불러졌을 것으로 추정하고 있습니다.

『설공찬이』에 나오는 설공찬의 누나 설초희는 마을 앞 들판에서 모내기하는 농부들이 부르는 들소리를 한글로 채록합니다.(93쪽) 한자로는 도무지 말소리를 글로 담을 수는 없겠죠. 설초희는 동생

금과 들소리 전승

공찬에게 '임금 세종께서 왜 나라말이 중국과 달라 이 글자를 만든
다고 했는지 알겠다.'고 말하네요. 여러분도 책 속에 나오는 들소리
를 한번 따라 불러보세요. 현재는 '금과들소리전수관'을 만들어 잊
혀 가는 금과 들소리를 전승하고 있답니다.

순창 농요 금과들소리전수관(순창군 금과면 매우리 소재)

4. 순창 '아미산'

순창 금과면 들녘을 감싸고 있는 아미산(해발 518m)은 뒤편으로는 순창읍을 내려다볼 수 있습니다. 『대동지지』에는 꼭대기에는 항아리 모양의 큰 바위가 있다고 했고, 『동여도』에는 밥그릇을 뒤집어 놓은 형국이라고 쓰여 있습니다.

아미산

이 소설에는 설공찬의 누나 설초희가 아미산을 넘어오며 바라본 풍경을 4.4조의 규방가사 형식을 맞춰 쓴 시가 나옵니다.(121쪽) 여러분도 천천히 감상하면서 사시사철 아미산을 보며 마을에서 멀리 벗어날 수 없었던 당대 여인네의 마음을 느껴보세요.

5. 광덕산 부도암(현 지명은 강천산 강천사)

15세기 말 지명인 광덕산 부도암은 현재 강천산 강천사로 불립니다. 이 절이 유명해진 이유는 당시 신말주 선생의 정부인인 설씨 부인이 『권선문』을 쓰면서 유명세를 탔다고 하죠. 신말주 선생은 어떤 분이었는지 알고 있죠.

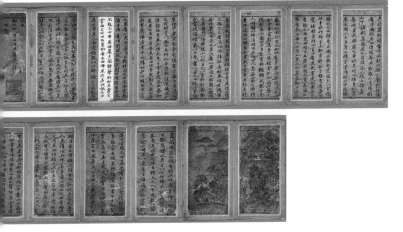

설 씨 부인 『권선문』 전문

설 씨 부인의 『권선문』은 부도암을 중건하기 위해 시주를 권하는 글입니다. 빼어난 글솜씨로 당대 여류 문인의 한자리를 차지했죠. 이 책에서는 그 『권선문』에 얽힌 이야기를 저승과 이승을 오가며 재미나는 스토리텔링으로 풀어봤어요.(106쪽) 광덕산 부도암으

227

로 가는 길에 거라시 바위가 있어요. 걸인들이 절에 가는 행인들에게 구걸하던 곳이에요. 이승에서는 구걸하며 살던 한 걸인이 저승에서는 어떻게 되었을까요?

여러분도 한번 상상해 보세요.

광덕산 부도암(현 강천산 강천사)

옛 강천산 강천사 모습

6. 순창 성황당

순창 성황당은 단오제 행사가 열릴 때면 국가 제사를 지내는 곳이었어요. 고려 시대부터 내려오는 이 국가 제사에는 주변 각지에서 구름처럼 인파가 몰렸다고 하네요.(163쪽)

성황당에는 설공찬 가문의 조상인 설공금을 성황대신으로 모시고, 대모산성으로 양 씨 부인을 모시러 가는 영신 행렬은 그야말로 장관이었다고 합니다.

순창 성황당 추정 그림(순창군 순창읍 순화리 소재 추정)

성황대신사적현판(성황당에 걸려 있던 현판)

성황당에 걸려 있던 '성황대신사적현판(국가민속문화재 제238호)'은 이 책에서 설공찬의 아버지 설충란이 제사 때 제문으로 읽습니다.(164쪽) 난오제 때 행해진 순창의 성황제는 당대에는 최고 인기 행사였다고 하네요.

여러분도 남겨진 그림을 보면서 그 행사를 한번 상상해보세요.

영신 행렬도

7. 귀래정

'귀래정(전북 문화재자료 제67호)'은 신말주 선생과 설 씨 부인이 살던 세거지 바로 뒷산 언덕에 지어진 정자입니다. 신말주 선생과 당대 선비들이 시문을 논하기도 하고, 어지러운 나라 일을 걱정하기도 했겠죠.

귀래정

　이 책에서는 신말주 선생이 설충란이 보는 앞에서 당대 유행한 조맹부 글체인 송설체로 '不事二君(불사이군—두 임금을 섬길 수 없다)'이라고 쓴 글을 보여줍니다.(144쪽)

　신말주 선생은 수양대군(세조)이 조카 단종을 내몰고 왕위에 오르자 두 임금을 섬길 수 없다는 불사이군의 충절을 지켜 벼슬에서 물러나 순창으로 낙향하였죠.

231